KB072558

FANATICISM
HUNTER
광신사냥꾼

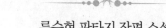

류승현 판타지 장편 소설

FANTASY FRONTIER SPIRIT

광신사냥꾼 1

류승현 판타지 장편 소설

초판 1쇄 찍은 날 § 2014년 6월 10일
초판 1쇄 펴낸 날 § 2014년 6월 17일

지은이 § 류승현
펴낸이 § 서경석

편집부장 § 권태완
편집책임 § 박은정

펴낸곳 § 도서출판 청어람
등록번호 § 제387-1999-000006호
등록일자 § 1999. 5. 31
어람번호 § 제1-1870호

주소 § 경기도 부천시 원미구 부일로 483번길 40 서경B/D 3F (우) 420-822
전화 § 032-656-4452 팩스 § 032-656-4453
http://www.chungeoram.com
E-mail § chungeorambook@daum.net

ⓒ 류승현, 2014

ISBN 979-11-316-9068-0 04810
ISBN 979-11-316-9067-3 (세트)

※ 파본은 구입하신 서점에서 교환하여 드립니다.
※ 저자와 협의하여 인지를 붙이지 않습니다.
※ 이 책은 도서출판 청어람과 저작자의 계약에 의해 출판된 것이므로,
   무단 전재 및 유포 · 공유를 금합니다.

FANATICISM HUNTER

광신사냥꾼

류승현 판타지 장편 소설

FANTASY FRONTIER SPIRIT

1

도서출판 청어람

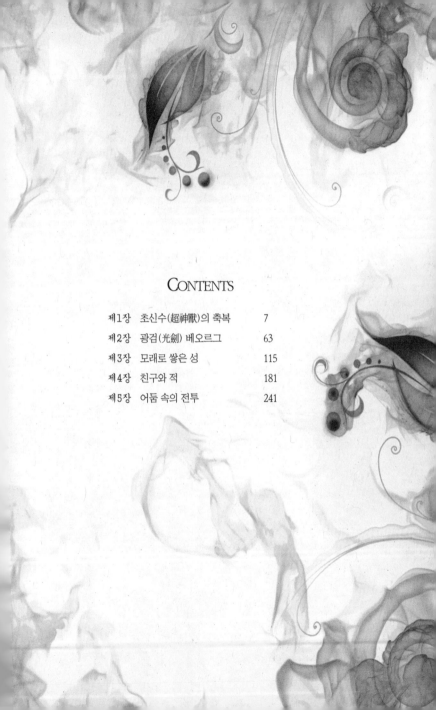

CONTENTS

1장

초신수(超神獸)의 축복

성의력(聖意力) 98년.

레스톤 왕국은 심각한 가뭄에 시달리고 있었다.

정확히는 시달린다기보다는 죽어가고 있었다. 3년 전부터 시작된 가뭄은 풍요롭기로 소문난 레스톤 왕국의 땅을 불모지로 바꾸어 놓았다. 거북등처럼 갈라진 농지에서는 아무런 수확도 기대할 수 없었고, 한계에 달한 농민들은 농업용으로 기르던 가축을 잡아먹기 시작했다.

그리고 잡아먹을 가축도 없는 사람들은 세 가지 방법 중에 하나를 선택했다. 왕국을 떠나 떠돌이가 되든가, 도적이 되어 남의 것을 훔치거나, 아니면 굶어 죽는 것이었다.

"여행 가기 좋은 날씨네."

제온은 자신의 저택 3층에서 화창한 도시의 풍경을 바라보고 있었다. 레스톤 왕국의 수도인 라기아 시티는 대륙에서도 가장 번창한 도시 중 하나였다. 하지만 오랜 가뭄의 여파로 많은 사람이 도시를 떠났고, 곳곳에 빈집과 문을 닫은 가게들이 늘어나고 있었다.

"당신, 아직도 출근하지 않았나요?"

그때 금발의 여자가 방문을 열고 제온이 있는 방으로 들어왔다. 제온은 자신보다 한 살 어린, 스물네 살의 아름다운 아내를 향해 미소를 보냈다.

"좋은 아침이야, 프로나. 몸은 좀 어때?"

"사실 거의 점심이에요, 제온. 몸은 괜찮아요."

"다행이네. 혹시 과일 같은 거 먹고 싶지 않아? 임산부는 그런 걸 좋아한다던데."

제온은 프로나의 볼에 입을 맞춘 다음 그녀의 부푼 배를 가볍게 쓰다듬었다. 프로나는 쓴웃음을 지으며 고개를 저었다.

"온 나라가 가뭄인데 과일은 무슨요. 그보다도 당신, 왕궁 마도사단의 부단장이 이런 시간에 집에서 어기적거리면 어떻게 해요?"

"그러는 당신도 왕궁 마도사단 소속의 마법사잖아?"

"설마 당신도 임신 휴가 중인가요?"

"그랬으면 좋겠네. 이번 기회에 나도 임신해 볼까?"

제온은 장난스런 얼굴로 자신의 배를 만지며 말했다. 프로나는 가볍게 웃다가 이내 심각한 표정을 지으며 남편에게 말했다.

"여보, 저 지금 농담할 기분 아니에요."

"미안. 하지만 정말로 출근해 봤자 할 수 있는 일이 없어."

제온의 말은 사실이었다. 그는 제3차 마도대전을 승리로 이끈 유리언 대륙의 영웅이고, 공식적으로 전 세계에 여섯 명밖에 없다고 확인된 '아크메이지(Archmagi)' 레벨의 마도사이며, 마찬가지로 전 세계에서 한 손에 꼽을 정도로 희귀한 뇌전(雷電)의 힘을 다루는 뇌전술사였다.

하지만 그런 제온조차도 가뭄이라는 천재지변을 상대로는 아무런 힘을 발휘할 수 없었다. 프로나는 길게 한숨을 내쉰 다음 난감한 표정으로 제온의 얼굴을 쓰다듬으며 말했다.

"여보. 할 수 있는 일이 없다고 일을 하지 않으면 안 돼요. 지금 온 왕국이 가뭄에 맞서 싸우고 있잖아요."

"나도 알아. 저번 주까지는 나도 직접 물통을 들고 싸웠다고. 왕국 최고의 군사 조직인 왕궁 마법사단을 이끌고 강에 나가 물을 퍼서 농지에 부으면서 말이야."

"그래요. 그게 바로 지금 해야 할 일이에요."

"아니, 지금 내가 해야 할 일은 당신과 함께 이 나라를 떠나는 거야."

제온은 순간 웃음기가 사라진 얼굴로 정색하며 말했다. 프로나는 깜짝 놀란 얼굴로 남편을 바라보았다.

"뭐라고요?"

"잘 들어, 프로나. 지금 이 왕국은 죽어가고 있어. 난 당신을 지키기 위해서라면 그 어떤 적과도 싸울 수 있지만⋯ 이번의 적은 하늘이야. 하늘을 상대로는 싸울 수 없어."

"그런⋯⋯."

"지금 레스톤 왕국의 생명줄이라 불리는 크론 강이 말라붙고 있어. 이대로 시간이 지나면 농사가 문제가 아니라 마실 물조차 없어질 거야. 정말이야, 프로나. 우린 이 나라를 떠나야 해."

제온은 무거운 표정으로 아내의 양어깨에 손을 얹었다. 프로나는 남편의 눈빛에 가슴이 두근거리는 것을 느꼈다.

그것은 지금으로부터 9년 전 매직 아카데미에서 처음 제온을 만났을 때와 똑같은 눈빛이었다.

당시의 제온은 마치 인형처럼 감정을 드러내지 않는 소년이었다. 하지만 말없이 무언가를 갈구하는 눈빛이 프로나의 마음을 강하게 당겼다.

　'이 사람은 한번 한다고 하면 정말로 해버리는 사람이지.'

　프로나는 지난 9년 동안 있었던 수많은 사건을 떠올리며 미소를 지었다. 하지만 지금 이 순간만큼은 남편의 뜻에 따를 수 없었다.

　프로나는 고개를 저으며 말했다.

　"여보, 그럴 수 없어요."

　"프로나!"

　"이 나라는 제 고향이에요. 제가 여길 떠나 어딜 갈 수 있겠어요."

　"벌써 잊어버린 거야? 나인제로(90) 몬스터즈 중에 왕이 있잖아!"

　제온은 양손을 펼치며 소리쳤다. 나인제로 몬스터즈는 성의력 90년에 매직 아카데미에 입학한 학생들 중 괴물 같은 능력을 가지고 있는 다섯 명을 칭하는 별명이다. 이들 다섯 명은 서로 절친한 친구였고, 물론 제온도 그 다섯 명 중의 한 명이었다.

　하지만 프로나는 다시 한 번 고개를 저었다.

"네프카님도 막 국왕이 되어 바쁘실 거예요. 게다가 작년에는 그 먼 페슈마르 왕국에서 우리 왕국에 보리와 밀을 지원해 주셨고요."

"그러니까 그 페슈마르 왕국으로 가면 된다니까. 네프카라면 맨발로 뛰쳐나와 우릴 환영해 줄 거라고!"

"여보, 그런 문제가 아니에요."

프로나는 단호한 표정으로 말했다.

"레스톤 왕국엔 저의 뿌리가 있어요. 제 부모님도, 그분들의 부모님도, 또 그분들의 부모님도 이 왕국에서 태어났고 이 왕국에서 돌아가셨어요."

"프로나……."

"결혼 전에 당신이 말했죠? 자기는 뿌리와 가족을 가지고 싶다고요. 바로 그 모든 것이 여기에 있어요. 여보, 우린 이 왕국을 버리면 안 돼요."

"하지만 프로나, 이렇게 죽어가는 나라에서 우리 아이를 키울 수는……."

"바로 그 아이 때문에라도 떠날 수 없는 거예요."

프로나는 크게 부푼 자신의 배를 쓰다듬으며 말했다.

"여보, 이 아이는 당신이 그토록 원한 모든 것을 처음부터 가지게 될 거예요. 역사, 고향, 사랑하는 가족, 모국(母國)…… 당신이 가질 수 없던 그 모든 것 말이에요."

"나도 알고 있어. 하지만……."

제온은 입술을 깨물었다. 프로나는 사랑하는 남편을 안으며 말했다.

"그러니까 당신도 함께 싸워줘요. 하늘을 상대로 싸울 수는 없다고요? 그런 건 누가 정했죠? 칠흑의 마왕도 쓰러뜨린 그때의 당신은 어디 갔나요?"

"…칠흑의 마왕은 나 혼자 쓰러뜨린 게 아니야. 그리고 그때는 적어도 내 마법이 먹혔다고."

제논은 어깨를 으쓱이며 창밖을 바라보았다.

"하지만 이번 상대는 내 마법이 통하지 않아. 기적이라도 일어나지 않는 이상……."

그 순간 제온의 검은 눈동자가 창밖의 하늘에 고정되었다. 프로나는 껴안고 있는 남편의 몸이 묘하게 경직된 것을 느끼며 이상하다는 듯 물었다.

"왜 그래요? 하늘을 상대로 싸울 마법이 생각났어요?"

"저기……."

"네?"

"저기… 기적이 일어났어."

제온이 창밖을 가리켰다. 그러자 그것을 본 프로나의 몸도 얼음처럼 경직되었다.

그것은 드래곤이었다.

레스톤 왕국의 수도인 라기아 시티의 상공에 하늘색과 청색의 비늘을 가진 거대한 드래곤이 유령처럼 제자리에 떠 있었다.

그것의 정식 명칭은 '아프레온'이었다.

흔히 '워터 드래곤'으로 불리는 그것을 신수교(神獸敎)의 신관들은 '세상의 섭리', 혹은 '하늘의 신'으로 칭했다.

확실한 것은, 그것이 세상의 마력을 관장하는 네 마리의 초신수(超神獸) 중 하나라는 점이다. 그것은 말 그대로 살아 있는 신이었다. 그리고 신수교가 섬기는 초신수 중에서 가장 많은 믿음의 대상을 차지하고 있었다.

왜냐하면, 아프레온이 담당하는 세상의 섭리가 바로 '물'과 '재생'이기 때문이다. 비록 물의 마법을 사용하는 마법사는 없지만, 신관들이 사용하는 치유 마법의 근원이 아프레온이라는 것이 중요했다.

"워터 드래곤이 사람들 앞에 모습을 드러낸 게 40년 만인가."

제온은 왕립도서관에서 고문서를 뒤적이고 있었다. 물론 제온의 머릿속에는 아프레온에 대한 수많은 정보가 들어 있다. 마법사라면 당연히 신수학(神獸學)을 배워야 했고, 특히 '세상의 섭리'에 대해 의문을 가지고 있던 제온은 매직 아카데미에 있는 관련 서적을 모조리 독파했다.

그렇기 때문에 지금 제온이 도서관에서 하는 행동은 그저 알고 있는 사실을 재확인하는 작업에 지나지 않았다. 결국 확인 작업을 끝낸 제온은 양손으로 얼굴을 감싸며 중얼거렸다.

"이거 큰일인데……."

지금 도서관 밖의 세상은 시민들의 환호로 축제 분위기를 연출하고 있었다. 신수학을 배우지 않은 일개 백성들조차 아프레온의 출현이 무엇을 의미하는지 알고 있었다.

비.

그것도 그냥 비가 아닌 엄청난 양의 폭우다. 아프레온이 나타났다는 것은 곧 그 일대에 폭우가 내린다는 것을 의미했다.

하지만 신수학을 섭렵한 제온은 평범한 사람들이 모르는 정보를 가지고 있었다.

아프레온은 수십 년마다 한 번씩 기록적인 가뭄에 처한 지역에 나타나 폭우를 뿌리고 사라진다.

하지만 그냥 사라지는 것이 아니었다. 아프레온이 사라질 때, 그 지역에 살고 있던 마법사 한 명이 같이 사라지는 것이다.

그것은 지난 수백 년 동안 온 세계에 아프레온이 출현했을 때마다 똑같이 벌어진 일이다. 그것도 평범한 마법사가 사라졌다면 특별히 기록에 남지도 않았을 것이다.

사라진 것은 언제나 그 지역에 살고 있는 마법사 중에서 가장 강력한 마법사였다.

사람들은 사라진 마법사를 '제물'이라고 불렀다. 아프레온이 기적을 일으키기 위해 필요한 제물, 그리고 아프레온은 처음 나타날 때부터 제물이 될 '그 한 명'을 이미 선택하고 있었다.

200년 전, 페슈마르 왕국에 아프레온이 나타났을 당시 '제물'에 대한 정보를 가지고 있던 리스터라는 대마도사가 왕국을 탈출하는 일이 벌어졌다. 그러자 아프레온은 비를 내리지 않고 사흘 만에 사라졌고, 이후 페슈마르 왕국은 3년간 끔찍한 가뭄에 시달리며 국가 존폐의 위기에 몰렸다.

제온은 숨을 크게 들이마시며 도서관의 천장을 바라보았다.

"아마도… 나겠지?"

당연히 그였다. 전 세계에 여섯 명뿐인 아크메이지. 마족의 군대를 무찌르며 3차 마도전쟁을 승리로 이끈 영웅. 칠흑의 마왕 '제노슈나'를 쓰러뜨린 나인제로 몬스터즈의 에이스.

당연히 그가 아닌 다른 사람일 리가 없었다. 물론 아내인 프로나도 매직 아카데미를 함께 졸업한 뛰어난 마법사이지만, 그녀가 가진 마력은 자신의 반의반도 되지 않았다. 차라리 왕궁 마도사단의 단장인 바이스경이 그녀보다는 좀 더 강할 것이다.

그때 도서관 문을 박차듯 열며 회색 망토를 걸친 수십 명의 신관이 도서관 내부로 몰려들었다. 도서관 중앙의 테이블에 앉아 있던 제온은 시끄러운 소란에도 불구하고 여전히 스테인드글라스로 장식된 도서관 천장을 바라보고 있었다.

"제온 스태틱 경인가?"

제온을 둘러싼 수십 명의 신관 중에 수석 신관표를 달고 있는 중년의 남자가 앞으로 나서며 물었다. 제온은 여전히 천장을 바라보며 말했다.

"경을 붙이실 필요는 없습니다. 귀족이 아니니까요."

"마도대전의 공적으로 대륙 각국에서 영지와 칭호를 내린 것으로 알고 있네만."

"주는 건 자유지만 받지 않았습니다. 레스톤 왕국에서 내린 것조차 안 받았는데요."

"음, 알겠네. 그런데 좀 무례한 것 같군. 대화를 할 때는 사람의 얼굴을 보는 게 좋지 않겠는가?"

수석 신관이 불쾌한 표정으로 말했다. 제온은 손가락으로 천장을 가리키며 대답했다.

"저도 그러고 싶지만, 저 위에 있는 사람들이 언제 내려올지 신경이 쓰여서요."

제온의 손가락에서 가느다란 전류가 파직 하고 발생한 순간, 요란한 소리와 함께 도서관 천장의 스테인드글라스가 동시에 박살 났다.

'스물두 명.'

제온은 한순간에 그들의 숫자를 파악했다. 옥상에 대기 중이던 수십 명의 마법사가 낙하 마법인 클라우딩(Clouding)으로 속도를 늦추며 도서관 내부로 진입했다. 모두 제온의 눈에 익은 왕궁 마도사단의 마법사들이었다.

"그냥 문으로 오셔도 됐을 텐데."

제온은 책상 위에 수북한 유리 조각을 바라보며 중얼거렸다. 그리고 자신과 가장 가까운 곳에 착지한 중년의 마법사를 보며 말했다.

"오랜만입니다, 단장님. 병이 나서 집에서 쉬고 있는 걸로 알고 있었습니다만."

"미안하네, 제온 군. 나로선 어쩔 수가 없었어."

남자는 바로 레스톤 왕국 궁정 마도사단의 단장인 바이스였다. 제온은 자신의 하나뿐인 직속상관의 얼굴을 바라보았다. 바이스는 침통한 표정이었지만 그의 몸속에는 당장에라도 마법을 발동시키기 위한 대량의 마력이 움직이고 있었다.

'말 안 들으면 한판 벌일 기세구만.'

제온은 속으로 코웃음을 쳤다. 상대가 얼마나 긴장하고 있는지, 그의 몸에 흐르고 있는 신경망의 미세한 전류의 흐름마저 느껴질 지경이다.

제온은 시치미를 떼며 물었다.

"잘 모르겠군요. 뭐가 어쩔 수 없었다는 말씀이신가요?"

"…다 알면서 그러지 말게나. 나도 도망치는 자네를 막아야 하는 지금의 상황이 괴롭다네."

"흠, 보아하니 절 도와주러 오신 건 아닌가 보군요. 등장은 꽤 멋졌는데 말입니다."

제온은 자신의 부하이기도 한 다른 마법사들을 향해 시선을 돌렸다. 모두들 긴장되어 불안한 얼굴이다. 그들은 자신들이 포위한 마법사가 손 한 번 까딱하는 순간 주위에 어떤 일이 벌어지게 될지 누구보다 잘 알고 있었다.

"바이스 경은 우리 신수교단(神獸敎團)의 요청을 받아주신 것뿐이네. 너무 불쾌해하지 말게나."

수석 신관의 말에 제온은 가만히 고개를 저었다.

"불쾌하지 않습니다. 그보다도 성함이……."

"그레이라고 하네. 신수교단 소속 회색망토단의 남부지구의 수석 신관이지."

"그렇군요. 만나서 반갑습니다, 그레이 수석 신관님."

제온은 빙긋 웃으며 오른손을 내밀었다. 하지만 그레이는 순간 움찔하며 몸을 뒤로 피했다.

"이런, 이런……."

제온은 쓴웃음을 지으며 내민 손을 거두었다.

"이쯤 되면 누가 무례한 건지 모르겠군요."

"그게 자네가… 자네가 바로… 그 나인제로 몬스터즈의 라이트닝(Lightning) 아닌가?"

"아무리 제가 라이트닝이라는 별명을 가지고 있다 해도 처음 만나는 사람을 감전시키는 취미는 없습니다. 그리고 사실……."

제온은 양 손바닥 사이에 수십 가닥의 전류를 만들어내며 어깨를 으쓱였다.

"악수 따위는 안 해도 사람을 감전시키는 건 쉬운 일이니까요."

"…그러지 말게나. 우리도 대륙의 영웅인 자네를 상대로 피를 보는 것은 원하지 않네."

그레이는 긴장하여 딱딱해진 얼굴로 손을 들었다. 그러자 뒤쪽에 있던 또 다른 신관이 품속에서 둥글게 만 양피지를 펼치며 소리쳤다.

"제온 스태틱! 신수교단의 교황이신 그랜트 3세 예하의 명에 따라 그대의 신원을 이곳 레스톤 왕국의 수도인 라기아 시티에 구속한다!"

"구속이라……. 언제까지 말입니까?"

"그건……."

"흐음. 당연히 초신수의 축복이 시작될 때까지이네."

신관이 말을 잇지 못하자 그레이가 헛기침을 하며 대신 대답했다. 제온은 눈을 감으며 감탄한 표정으로 중얼거렸다.

"진짜 대단하다니까. 아프레온이 출현한 지 이틀도 채 지나지 않았는데."

"우리 신수교단은 대륙 전체의 재해 지역을 유심히 관찰하고 있다네. '세상의 섭리'가 강림하실 순간을 대비하기 위해서 말이지."

그레이가 자랑스럽게 말했다. 제온은 한숨을 내쉬며 고개를 저었다.

"그럴 정성이 있었다면 이 나라의 갈라지는 땅에 물 한 바지라도 퍼주는 게 도움이 됐을 텐데 말이죠."

"우리는 단지 세상의 섭리에 따를 뿐이네. 자네의 희생으로 이 레스톤 왕국이 수년간의 가뭄에서 벗어날 수 있어. 그러니 부디 협조해 주게나."

"만약 협조하지 않는다면?"

제온은 다리를 꼬아 삐딱하게 앉으며 물었다. 그러자 그레이가 마치 재판관 같은 목소리로 대답했다.

"그렇다면 우리 신수교단과 신수교를 국교로 믿는 대륙의 모든 국가의 공적이 된다네. 200년 전, '대마도사 리스터'가 어떤 최후를 맞이했는지 자네도 알지 않는가?"

물론 제온도 리스터의 최후는 잘 알고 있었다. 그는 역사상 한 손에 꼽힐 정도로 강력한 마법사였지만, 3년간 이어진 온 세상의 끈질긴 추적에 시달리다 결국 추운 북쪽 지방의 어느 산속에서 스스로 목을 맸다.

'물론 나라면 절대로 자살 따위는 하지 않겠지만.'

제온은 마음속으로 생각했다. 세상을 적으로 돌리고 도망치고 투쟁하는 것 자체는 별로 두렵지 않았다.

어차피 그의 유년 시절도 그랬으니까.

두려운 것은 자신이 도망친 다음 남게 될 가족들이었다. 자신의 모든 과거를 알고도 떠나지 않고 사랑해 준 아내와 얼마 후 태어날 그의 아기에게 죄인의 피붙이라는 무거운 짐을 짊어지울 수는 없었다.

그리고 친구들.

자신이 여기서 도망치면 지금은 대륙 각지에 흩어져 있는 나인제로 몬스터즈 친구들의 이름에도 씻을 수 없는 먹칠을 하게 될 것이다. 그중에 두 명은 그딴 거라면 눈곱만큼도 신경 쓰지 않을 녀석이지만, 나머지 두 명은 명예와 직결되는 중요한 위치에 앉아 있다는 게 문제였다.

제온은 아내의 얼굴과 친구들의 얼굴을 떠올렸다.

그들은 제온에게 너무도 많은 것을 대가 없이 베풀었다.

그것은 일종의 마법이었다. 그 어떤 대마도사도 사용할 수 없는, 인간이 아닌 무언가이던 것을 다시 인간으로 만들어주는 마법.

'은혜를 원수로 갚을 수야 없지.'

결국 자신의 선택은 처음부터 정해져 있었다. 잠시 마음을 정리한 제온은 고개를 들고 바이스를 향해 말했다.

"단장님, 한 가지 부탁할 게 있습니다."

"부탁?"

"제가 구속되어 있는 동안 프로나를 집에서 나오지 못하게 해주시죠."

"자택에 연금… 하라는 말인가?"

바이스는 이해할 수 없다는 표정으로 말했다.

"하지만 자네 아내 아닌가. 적어도 마지막으로 만나서 얼굴이라도 봐야……. 흠, 물론 아직 자네가 제물이라고 확정된 건 아니지만 말이네."

하지만 이 자리에 있는 모두가 알고 있었다. 제물로 확정된 게 제온이라는 것을.

"게다가 프로나는 지금 만삭이 아닌가? 비록 태어나는 아이는 볼 수 없다 해도……."

"그래서입니다."

"뭐라고?"

"지금 만약 프로니의 얼굴을 보게 되면 전 반드시 살고 싶어질 테니까요."

"그런……."

"만약 그렇게 되면 당신들 전원을 죽이고서라도 아내와 함께 이 나라를 도망칠지도 모릅니다."

바이스는 말문이 막힌 듯 입을 다물었다. 그러자 잠자코 있던 수석 신관 그레이가 앞으로 나서며 말했다.

"그 점이라면 우리 신수교단이 명심하고 책임지겠소. 그대의 신원을 구속할 곳은 우리 신전의 지하 기도당이오. 신수의 축복이 시작될 때까지… 그 어떤 외부인도 신전에 들어오지 못하게 하겠소이다."

"부탁드리겠습니다."

제온은 고개를 끄덕이며 의자에서 일어났다. 순간 주위를 포위하고 있던 신관들과 마법사들이 동시에 뒤로 물러났지만, 제온은 아무렇지도 않은 표정으로 어깨를 으쓱이며 말했다.

"뭐하고 있습니까? 신전까지 제가 앞장설까요?"

신수교의 신전은 라기아 시티의 한적한 외곽에 세워져 있었다.

하지만 인구 30만의 대도시인 라기아 시티에 아무 이유 없이 한적한 곳이란 있을 수 없었다. 현실은 신수교단이 엄청난 돈으로 신전 주위의 모든 땅을 매입했고, 건물을 밀고 다음 보기 좋게 풀과 나무를 심어놓았기 때문에 가능한 일이다.

신전은 긴 통로 네 개가 모이는 십자 구조로 되어 있었고, 각 구역은 신수교가 섬기는 네 마리의 초신수를 의미했다. 제온이 도착했을 때는 물과 치유의 초신수인 아프레온을 모시는 북쪽 통로에 어마어마한 양의 곡식이 쌓여 있었다. 모두 아프레온의 출현을 감사하는 라기아 시티 시민들의 헌물(獻物)이었다.

'이 가뭄에 자기들 먹을 것도 없으면서……'

제온은 속으로 혀를 차며 아프레온의 통로를 지나갔다. 물론 시민들은 곧 아프레온이 엄청난 비를 내려줄 것이며, 곧 예전처럼 농작물이 잘 자라 풍요로운 세상이 찾아올 것이라 기대하고 있었다.

하지만 그것은 기적 같은 아프레온의 출현에 의해 판단력이 흐려진 것에 불과했다. 제온은 앞으로 어떤 일이 벌어질지 눈에 선했다.

물론 비는 올 것이다. 하지만 계속된 가뭄으로 모종이 전멸 상태이다. 새롭게 씨를 뿌린다 해도 수확할 때까지 최소한 넉 달은 걸린다.

가뜩이나 식량 가격이 하늘 높이 치솟은 지금 초신수의 은 총이 끝난 이후 작물을 수확할 때까지 시민들을 무엇을 먹고 버틸 수 있을까?

'앞으로 석 달 동안 레스톤 왕국의 국민이 10%는 줄어들 거다. 죽거나 도망치거나……. 나야 프로나만 안 굶으면 아무 상관없지만.'

제온은 신관들에게 포위된 채 아프레온의 통로를 지나 신전의 중앙에 위치한 숙소 구역에 도착했다. 이곳은 신전에 거주하는 신관들이 살고 있는 곳으로, 보통은 외부인의 출입이 엄격히 금지된 장소였다.

"기다리고 있습니다, 수석 신관님."

미리 대기하고 있던 라기아 시티 신전의 신관들이 허리를 숙이며 회색 망토의 신관들을 영접했다. 제온의 신변을 구속하기 위해 몰려온 신관들은 교단의 전투 집단인 '회색망토단' 소속으로, 대부분의 지방 신전 신관들보다 서열이 높았다.

"앞으로 사흘 동안 신관들의 기도당 출입은 물론 신도들의 신전 출입 또한 금지하도록 하겠소."

그레이는 짐짓 거만한 태도로 신전 신관들을 둘러보았다. 그러자 높이가 낮은 법모를 쓰고 있는 신관장이 양손을 모으며 앞으로 나섰다.

"하오나 수석 신관님, 그렇게 되면 한창 들어오고 있는 신도들의 헌물을 받을 수 없게 됩니다."

"이런, 그거 정말 심각한 문제로군요."

제온은 진심을 다해 신관장을 비꼬았다. 하지만 제온의 진심이 닿지 않은 듯 신관장은 걱정스런 얼굴로 고개를 끄덕이며 대답했다.

"말씀대로 심각한 문제가 아닐 수 없습니다. 특히 지금처럼 곡물 값이 폭등하고 있는 상황에서……."

"그만하게. 헌물이라면 밖에 쌓아놓을 장소를 따로 마련하면 되지 않는가?"

보다 못한 그레이가 신관장의 말을 끊으며 지시를 내렸다.

"그보다 빨리 신전을 폐쇄하고 여기 제온 경이 머물 수 있도록 기도당을 준비해 주길 바라네."

"하, 하오나……."

"내 말 못 들었는가?"

"아, 알겠습니다."

신관장은 마뜩치 않은 태도로 고개를 끄덕이며 신전의 신관들에게 시지를 내렸다. 이내 한 신관이 지하로 통하는 돌계단의 문을 열었고, 제온은 그레이를 포함한 다섯 명의 회색망토단에 둘러싸인 채 지하로 내려가기 시작했다.

"초신수의 축복이 시작될 때까지 그 무엇도 제온 경을 방해하지 않도록 전력을 다해 경호하겠네."

"전 귀족이 아니라… 아니, 됐습니다."

제온은 앞장선 그레이의 뒤통수를 향해 말했다. 지하로 내려가는 계단은 생각보다 깊었고, 그레이는 무언가 압박이 느껴지는 듯 계속해서 제온에게 말을 걸었다.

"확실히 귀족 같은 게 문제가 아니지. 자네는 분명 이 대륙의 역사에 영원토록 남을 걸세."

"제물로 선택된 수많은 다른 인간들과 함께 말이죠. 하지만 상관없습니다. 이미 제 이름은 유리언 대륙 역사의 최신 페이지를 가득 메우고 있으니까요."

3년 전에 종결된 제3차 마도대전의 기록을 한 권의 책으로 만든다면 그중 절반의 페이지에 제논의 이름이 들어 있을 것이다.

그 정도로 제온의 활약은 뛰어났다. 하지만 역사에 남기 위해서 싸운 것은 아니었다.

그저 곁에 친구들이 있기 때문이었다.

성의력 90년에 매직 아카데미에 입학한 모든 생도는 반 강제적으로 참전해야 했다. 제온은 단지 그들을 위해 싸웠을 뿐이다.

　"반박하진 않겠네. 하지만 지난 전쟁에서 승리한 게 그대들의 활약 때문뿐이라 생각하는 건 곤란하네."

　"물론 그렇게 생각하지 않습니다. 대륙 각지에서 차출된 군대의 희생도 컸죠."

　"그보다는 세상의 섭리께서 역사하신 덕분이지."

　"세상의 섭리라……. 전 3차 마도대전의 대부분의 전장에 있었지만 단 한 번도 초신수는 본 적이 없습니다. 혹시 제가 잠든 사이에 몰래 다녀가셨던 건가요?"

　"제온 경."

　그레이는 걸음을 멈추며 무서운 표정으로 뒤를 돌아보았다.

　"세상의 섭리는 눈에 보이지 않게 모든 것을 주관하시네. 그대의 불경함은 도를 지나친 감이 있군."

　"맞습니다. 그래서 제가 곧 천벌을 받을 예정이죠."

　제온은 어깨를 으쓱였다. 그레이는 한층 혐오스런 얼굴로 제온을 노려보았다.

　"천벌이 아니라 축복이네. 만약 내가 그대였다면 목욕재계하고 사흘 밤낮 동안 감사의 기도를 드릴 거야."

"하지만 당신은 제가 아니죠."

"그래, 그래서 유감이네."

"동감입니다."

"…자네는 세상의 섭리를 믿지 않는가?"

"물론 존재 자체는 믿습니다."

제온은 고개를 들어 계단 천장을 바라보며 말했다.

"실제로 지금도 저 위에 떠 있으니까요. 그리고 보니 지난 전쟁에서 신수교를 열렬히 믿던 한 친구가 생각나는군요."

"친구?"

"혹시나 해서 말씀드리지만, 나인제로 몬스터즈는 아닙니다. 아무튼 그 친구는 밤이 되면 다른 신도들을 모아 두 시간씩 기도 집회를 열었죠. 왜 그런 줄 아십니까?"

"무슨 말을 하려는지 알겠군. 신도들이 아무리 열심히 기도를 해도 세상의 섭리께서 직접 역사하지 않았다는 것을 비꼬고 싶은 건가? 하지만 미리 말했듯이 섭리는 눈에 보이는 식으로 작용하는 게 아니라……."

"그런 말을 하려는 게 아닙니다."

제온은 표정을 지우며 그레이를 노려보았다.

"그 친구가 직접 신도들을 모아 기도 집회를 열었던 이유는 전장에 신수교의 신관이 단 한 명도 오지 않았기 때문입니다."

"그건……."

허를 찔린 그레이는 한동안 말을 잇지 못했다. 제온은 해충이라도 보는 듯한 눈으로 좌우의 다른 신관들을 둘러보았다.

"수만 명의 병사가 전장에서 죽어갈 때 대체 당신들은 어디서 뭘 하고 있었습니까? 전국에 퍼져 있는 당신네 회색망토단만 모두 모아도 수천 명은 되지 않습니까?"

"…우린 전장이 무너져 마족들이 몰려올 것을 대비해 후방을 지키고 있었네."

"그래서, 그 후방에서 어디 오크의 어금니라도 하나 뽑으셨나요? 오거 배틀러(Ogre battler)의 도끼라도 하나 전리품으로 챙기셨습니까?"

"지, 지금 우리 신수교단을 비난하는 건가?"

"그래도 자기들이 비난 받을 짓을 했다는 건 알고 있나 보군요."

제온은 비꼬는 표정으로 웃었다.

"신수교단이 전투신관과 회복신관들을 전장에 파견하기만 했어도 말이죠, 저와 제 친구들의 명성이 이렇게까지 치솟지는 않았을 겁니다. 아, 그렇게 생각하니 제가 너무 무례했군요. 절 영웅으로 활약할 수 있게끔 상황을 마련해 주신 감사한 분들을 상대로 말입니다. 시간 나는 대로 교황청이라도 찾아가 무릎을 꿇고 사죄해야 마땅할 것 같습니다만……."

제온은 어깨를 으쓱이며 말을 이었다.

"이걸 어쩌나. 안타깝게도 제게 시간이 없군요. 영광스럽게도 세상의 섭리께 바쳐지는 제물이 된 몸이라 말입니다."

"큭."

"아, 그리고 보니 정말로 워터 드래곤에게 감사할 일이 생겼군요. 사실 전 예전부터 당신들과 이런 식으로 진솔한 대화를 나눠보고 싶었거든요. 예를 들면, 밤에 무슨 꿈을 꾸셨는지에 관해서 말입니다."

"꿈?"

"전장의 병사들이 죽음의 공포로 잠들지 못하고 눈에 핏줄이 터지는 동안 여러분이 후방에서 세상의 섭리의 가호를 받아 단잠을 자며 꾼 바로 그 꿈 말입니다. 프로나, 그러니까 지금의 제 아내가 아크 데몬(Arch demon)의 공격에 부상을 입고 죽도 삼키지 못해 사경을 헤매고 있을 때 말입니다. 그때 여러분은 후방에서 자비로운 세상의 섭리의 축복으로 어떤 색깔의 빵을 뜯으며 식사를 즐기셨을지에 관해서도 꼭 한번 대화를 나눠보고 싶었습니다."

"그런……"

"아마도 빵 색깔은 무척 하얗고 식감도 촉촉했을 거라고 추정하고 있습니다만, 정말로 그랬습니까?"

안타깝게도 제온의 질문에 대답하는 신관은 아무도 없었다. 그레이는 시뻘게진 얼굴로 주먹을 움켜쥐었고, 주변의 다른 신관들도 벌레 씹은 얼굴로 미세하게 몸을 떨고 있었다.

'오, 찌릿찌릿한데?'

제온은 신관들의 피부 안쪽에 전율하고 있는 감정의 전류를 만끽했다. 제온은 느낄 수 있었다. 지금 신관들의 감정을 지배하고 있는 것은 바로 수치심과 분노였다.

"…세상의 섭리께 선택되었다고, 그렇게 세상모르고 날뛰는 게 용납될 것 같나?"

그레이가 으득거리고 이를 갈며 말했다. 제온은 될 대로 되라는 표정으로 고개를 저었다.

"상상력이 부족하시군요. 전 날뛰는 게 아니라 날뛰지 않기 위해 이러는 겁니다."

"뭐?"

"아니… 됐습니다. 설명하는 것도 귀찮군요. 그냥 가던 길이나 마저 가는 게 어떨까요?"

"큭."

그레이는 속이 부글거리는 것을 가까스로 참으며 몸을 돌렸다. 하지만 정말로 참고 있는 것은 제온이었다.

아내와 아이를 위해,

그리고 친구들을 위해,

지금 이 순간에도 눈 깜짝할 순간에 짓이겨 버릴 수 있는 존재들의 주제 모른 역정을 억지로 참아내고 있는 것뿐이었다.

신전의 지하 기도실이 깊은 이유는 그곳이 신전의 재산을 비축하는 창고로 쓰이기 때문이었다.

지상의 신전만큼이나 넓은 지하의 공간 중에 실제로 기도를 위한 제단의 크기는 방 한 칸에 불과했다. 나머지 공간은 곡식이 들어 있는 수백 자루의 포대, 장식품과 금품을 보관한 상자, 포도주가 꽉 차 있는 술통 등으로 가득 차 있었다.

"여기만 털어도 망해가는 마을 몇 개는 살려놓을 수 있겠구만……."

제온은 제단 앞에 깔려 있는 융단 위에 앉으며 중얼거렸다. 신관들은 제온을 지하실로 안내하고는 곧바로 문을 닫았지만, 제온은 문밖을 지키고 남아 있는 신관들의 체내 전류를 정확히 느낄 수 있었다.

물론 쓸데없는 짓이다. 제온이 마음만 먹는다면 수십 명의 신관을 뚫고 탈출하는 것쯤은 일도 아니니까.

'지금쯤 내가 없어진 걸 알아차렸을까?'

제온은 프로나의 얼굴을 떠올리며 융단 위에 몸을 뉘었다. 그녀를 떠올리자 행복한 기억들이 밀물처럼 몰려들었다.

처음엔 그저 매직 아카데미에서 함께 수업을 받던 수많은 동기 중 한 명에 불과했다.

얼굴은 멀쩡한데 왜 그렇게 표정이 없느냐고 먼저 말을 걸어준 것은 그녀였다.

처음엔 별다른 반응을 보이지 않았다. 하지만 프로나는 끊임없이 제온에게 간섭했다. 모르는 수업 내용을 물어봤고, 좋아하는 음식에 대해 물어봤고, 어떻게 하면 그렇게 마법을 잘 쓸 수 있는지, 그런 막대한 마력을 가지고 있는 게 어떤 느낌인지에 대해 물어왔다.

그 간섭이 자신에 대한 관심이라는 걸 알게 되기까지 6개월이라는 시간이 필요했고, 그 관심이 자신에 대한 애정이라는 걸 알게 되기까지는 1년이라는 시간이 더 필요했다.

프로나는 제온이 인간적인 감정을 제대로 이해하지 못하고 있다는 것에 놀랐고, 또 안타까워했다. 그녀는 진심으로 제온이 인간이 되기를 바랐고, 제온 역시 그녀의 진심을 어렴풋이나마 이해할 수 있었다.

그리고 두 사람만의 비밀스런 계획이 시작되었다.

프로나는 먼저 페슈마르 왕국의 왕위 계승자이던 네프카를 주목했다. 네프카는 아카데미의 수석 자리를 놓고 제온과 경쟁하는 관계였고, 제온은 그를 적으로 인식하고 있었다.

하지만 프로나는 네프카를 적이 아닌 친구로 받아들일 것을 조언했다. 친구가 되어 그가 가진 타고난 기품과 명예, 타인을 존중하는 자세를 배우길 원했다.

제온은 프로나의 조언을 성실히 따라 네프카를 흉내 내기 시작했다. 처음엔 흉내였지만 네프카와 친구로 지내는 시간이 길어질수록 그것을 자신만의 관점으로 받아들이는 것이 가능해졌다.

그다음은 매직 아카데미 90기에 입학한 400명의 학생 중에서 최고의 괴짜로 소문난 마그나스였다. 프로나는 원래 마그나스와 아는 사이였는데, 그가 가지고 있는 여유와 유머, 자유로운 관점과 스스로를 존중하는 자세를 제온이 배우길 원했다.

그리고 제온은 프로나의 기대에 십분 부응했다. 오히려 마그나스와 친하게 지내면서 진중했던 제온이 경박해졌다는 소문이 매직 아카데미 전체에 퍼질 지경이었다.

그 뒤로는 일사천리였다. 프로나는 자신과 친한 친구들을 차례차례 제온에게 소개시켜 줬고, 그들은 자연스럽게 하나의 그룹을 형성하며 이후 나인제로 몬스터즈라는 전무후무한 일당으로 성장하게 된 것이다.

결국 프로나는 나인제로 몬스터즈의 일원이 아니었지만, 그들 모두를 하나로 집결시키는 데 누구보다 중요한 역할을 했다. 물론 그중에서도 가장 중요한 성과라면, 감정이 결여된 제온을 인간다운 모습으로 돌려놓은 것이다.

"활짝 웃으면 예쁜데… 요즘 통 웃는 모습을 못 봤어."

제온은 누운 채로 천장을 향해 손을 뻗었다. 만약에 아프레온의 축복으로 이 지긋지긋한 가뭄이 끝난다면 웃음을 잃은 그녀도 다시 그 아름다운 미소를 되찾을지 모른다.

하지만 그럴 리가 없다.

"하아……!"

제온은 한숨과 함께 무거운 표정으로 눈을 감았다. 그녀가 자신의 모든 것을 알고 있듯 자신도 그녀의 모든 것을 알고 있다.

아마도 프로나는 울 것이다.

아니, 반드시 울 것이다. 울다 지쳐 쓰러질 때까지, 쓰러져서 기절할 때까지 울 것이다.

"그러면 안 되는데……."

제온은 나지막하게 중얼거리며 몸을 옆으로 기울였다. 아직 아무 일도 벌어지지 않았지만, 벌써부터 프로나와 뱃속에 있는 아기의 건강이 걱정되었다.

초신수의 축복이 시작될 때까지 제온은 계속 잠들어 있길 원했다.

일단 희생하기로 결정한 이상, 아무것도 생각하지 않고 잠에 취해 있고 싶었다.

하지만 그럼 바람과는 반대로 제온의 의식은 좀처럼 심연의 바닥으로 떨어지지 않았다. 오히려 평소보다도 더 바짝 곤두선 것처럼 날카로웠다. 마치 피비린내가 진동하는 전장의 한복판에 누운 것처럼 제온의 몸은 주인의 기대를 저버리고 완벽한 전투태세를 유지하고 있었다.

"미치겠구만."

제온은 융단 위에 누운 채로 몸을 뒤집었다. 신전의 지하실에 내려온 첫날은 몇 시간 정도 선잠을 잘 수 있었다. 하지만 이틀째에는 거의 잠을 못 잤고, 사흘째인 지금은 마치 마왕과 대치하고 있는 것처럼 초긴장 상태가 끊임없이 유지되었다.

제온은 자신의 삶을 포기했지만, 그의 육체는 조금도 투쟁을 포기하지 않고 있었다. 제온은 처음부터 투쟁하기 위해 태어났다. 전투를 위해, 그리고 생존을 위해 걸음마를 뗄 때부터 지옥과도 같은 삶을 경험했다.

문제는 열네 살 때 우연한 계기로 그 지옥을 탈출할 때까지 제온은 그곳이 지옥이었다는 것조차 모르고 있었다는 것이다.

"하필 싫은 기억이……."

제온은 눈살을 찌푸리며 몸을 일으켜 앉았다. 이런 상태로는 도무지 잠을 이룰 수 없었다.

몸이 비명을 지르고 있었다.

당장 박차고 일어나라고.

그리고 지하실의 문을 지키고 있는 신관들과 함께 날려 버리고 비행 마법을 통해 단숨에 계단을 오른 다음 위쪽에 대기 중인 회색망토단의 나머지 전투 신관들을 학살해 버리라고.

"그래, 그게 쉽다는 건 나도 알아."

제온은 일부러 입을 열어 혼잣말을 했다.

살인은 그가 할 수 있는 일 중에서 가장 쉬운 편에 속했다. 제온은 알고 있었다. 그레이 같은 건 자신의 옷깃조차 건드릴 수 없다는 걸. 회색망토단은 급하게 오는 바람인지 진짜 강력한 전투원을 파견하지 못한 것이다.

하지만 사흘째인 지금, 극도로 예민해진 제온의 신경망은 신전에 새롭게 도착한 강력한 존재들의 힘을 감지하고 있었다.

녀석들은 강력한 마력과 성법기(聖法器)로 완전 무장을 하고 있었다. 아마도 녀석들은 대륙 전체에 악명을 떨치고 있는 신수교단의 집행관일 것이다.

"숫자는 네 명… 아니, 다섯 명인가?"

제온은 의식을 집중하며 집행관의 존재를 가늠해 보았다. 그들의 사이에는 수십 미터의 암반과 흙이 가로막고 있었다. 그런 건 전 세계에 여섯 명뿐인 아크메이지 급 마법사 중에서도 오직 제온만이 가지고 있는 능력이다.

"마력은 미들 위저드(Middle wizard) 정도, 그중에 한 명은 좀 더 높은 것 같고… 망토… 아니, 갑옷 형태의 성법기인가? 모두 두 개 이상의 성법기를 가지고 있어. 그것도 등급이 높은."

성법기는 신수의 힘이 깃든 물건으로, 마력이 없는 자도 마법과 같은 능력을 발휘할 수 있게 만드는 강력한 병기였다. 그리고 그것이 신수교단이 유리언 대륙의 국가들에게 막강한 영향력을 행사할 수 있는 이유기도 했다.

성법기를 만들 수 있는 것은 신수교단뿐이었다.

그래서 자신들의 말에 거역하는 국가에게는 성법기의 공급을 줄이거나 끊어버리는 식으로 보복하는 것이다.

'저런 강력한 전력을 가지고 있으면서도 저번 전쟁에서 신수교단은 병력을 지원하지 않았어. 단지 몸을 사리기 위해서 였을까?

며칠 전에도 그 사실을 가지고 신관들의 얼굴을 달아오르게 만들었지만, 실제로 제온은 일의 내막에 뭔가 다른 문제가 있을 거라고 생각했다. 기록에 따르면 1, 2차 마도대전 당시에는 신수교단도 적극적으로 전투신관들을 파병했다.

물론 파병을 하면 나름 귀중한 신관들이 목숨을 잃게 될 것이다. 하지만 그 이상으로 신수교단이 얻게 될 이득이 있었다. 당장 제온을 비롯한 대륙 전체에 명성을 떨치고 있는 3차 마도대전의 영웅들만 봐도 알 수 있다.

'신수교단은 자신들이 얻게 될 명성을 포기하면서까지 신관들을 보내지 않았어. 실제로 그 일로 교단의 권위가 많이 떨어졌음에도 불구하고. 어째서일까? 무언가 피치 못할 사정이 있는 걸까? 그게 아니라면……'

머릿속으로 순식간에 어떤 음모론이 펼쳐졌다. 하지만 제온은 이내 쓴웃음을 지으며 고개를 저었다.

이제 와선 아무래도 상관없는 일이기 때문이다.

'25년인가……. 그래도 마지막 10년이 좋아서 다행이야.'

제온은 그 마지막 10년을 떠올리며 웃었다. 그리고 자신은 가질 수 없던 과거와 미래를 사랑하는 아내와 자식이 온전히 누리기를 바랐다.

"이제 막 제물로 먹힐 판이긴 하지만… 처음이자 마지막으로 기도합니다."

제온은 눈을 감으며 초신수에게 기도했다.

"전 당신을… 정확히는 당신들이라고 해야 할까요? 아무튼 믿지 않았습니다. 신뢰하지 않았다고 하는 편이 좋겠네요. 왜냐하면 당신들이 섭리라는 것을 주관한다고 믿기엔… 제 어린 시절이 너무나 비섭리적이었기 때문입니다."

제온은 지옥인 줄도 모르고 겪은 그 지옥을 떠올리며 말했다.

"매직 아카데미에 입학했을 때… 저는 당신들에 대해 더 알기 위해 열심히 공부했습니다. 그리고 알면 알수록… 당신들 역시 우리와 마찬가지로 그냥 세상에 태어난, 다만 좀 더 특별한 능력을 가지고 태어난 존재라고 생각했습니다. 불경하게 느껴지신다면 죄송합니다. 그래도 만에 하나 있을지 모르는, 그러니까 당신들이 정말로 신이며 세상의 모든 섭리를 주관하는 존재라고 한다면… 부디 제 기도를 들어주시기 바랍니다."

제온은 마지막으로 언제 보았는지도 잘 기억나지 않는 프로나의 웃는 얼굴을 떠올렸다.

"제 아내와 아이를 지켜주세요. 비록 지금까지 신수교를 믿지 않았지만, 그래도 제겐 이런 기도를 드릴 자격이 있다고 생각합니다. 제물로 바쳐지니까 말이죠. 물론 당신들이, 그러니까 특히 아프레온, 아니, 아프레온님이 어떤 시스템으로 제 육체를 흡수해서 신수의 축복을 내리시는지는 여전히 이해가 가지 않습니다만……."

제온은 기도를 멈추며 그 시스템에 대해 한참 동안 생각했다. 그러다 이내 눈을 뜨고 피식 웃으며 중얼거렸다.

"내가 지금 뭐하는 짓인지……."

초신수가 정말로 세상의 섭리를 주관하고 초월하는 절대신이라는 것을 믿기엔 제온의 뇌는 너무도 현실적인 것으로 이뤄져 있었다. 더욱이 인간의 마음이라는 것을 이해하는 데만도 2년에 가까운 시간이 걸렸는데, 하루아침에 종교에 대한 믿음이라는 게 생길 리 만무했다.

보이지 않는 위협을 감지라도 하는지 제온은 자신의 몸이 점점 더 뜨거워지는 것을 느꼈다.

아마도 시간이 거의 다가온 것 같았다.

기록에 따르면 아프레온은 도시의 상공에 출현한 다음 닷새째 되는 날에 축복을 시작했다.

그것이 바로 오늘이다.

제온은 떨고 있었다. 죽음의 대한 공포 때문이 아니다. 잠을 자지 못한 피로와 곤두선 긴장으로 인해 근육이 경련을 일으키고 있었다.

그리고 그 순간,

"…어?"

제온은 무언가 엄청난 일이 벌어졌다는 것을 느꼈다.

그것은 진동이었다.

수천, 수만, 아니, 수십만의 사람이 함성을 지르며 뛰고 있었다. 오랜 가뭄에 지친 라기아 시티의 백성들을 그토록 흥분시키게 만들 수 있는 건 오직 하나뿐이었다.

비.

지상에 비가 내리고 있는 것이다.

"잠깐."

제온은 멍한 표정으로 지하실의 천장을 바라보았다.

이미 초신수의 축복은 시작됐다.

하지만 자신은 여전히 이곳에 있다.

그것은 현실이지만 모순이었다. 제온은 혹시 자신이 무언가 잘못 감지한 게 아닐까 고민했다. 지금 이 순간도 울려대는 진동이 사실은 긴장이 극에 달한 자신의 감각이 일으키는 착각이며, 실제로 지상에는 아직 초신수의 축복이 시작된 게 아닐지도 모른다.

"아니, 그럴 리가 없어."

하지만 착각이 아니었다. 진동으로 인해 지하실 천장에서 미세한 흙먼지가 떨어지고 있었다.

바로 지금 모든 사람이 환호성을 지르며 날뛰고 있다.

특히 신수교의 신전 주위에 더 많은 사람이 몰려와 감사와 기쁨을 나누며 날뛰고 있는 것이다.

그러지 않고서야 이런 진동이 느껴질 리가 없었다. 제온은 이해할 수 없는 표정으로 자신의 두 손을 바라보았다.

"혹시… 축복이 시작되고 좀 더 시간이 지나야 제물이 사라지는 건가?"

하지만 지난 수백 년간 축적된 기록에 따르면 초신수의 축복은 언제나 제물이 먼저 사라진 다음에 시작되었다. 논리적으로 생각해도 그것이 타당했다. 정확히 어떤 구조인지는 모르지만, 마력이 가장 강력한 사람이 사라진다는 것은, 즉 초신수가 그 사람의 마력을 축복을 시작하는데 사용한다는 것을 의미했다.

하지만 제온은 사라지지 않았다.

그렇게 30여 분의 시간이 흘렀다.

시간이 지날수록 흥분이 누그러진 건지 지하실을 울리던 진동도 이미 사라진 상태이다. 하지만 제온은 여전히 자신이 사라지지 않았다는 현실이 무엇을 의미하는지 도무지 이해할 수 없었다.

"설마… 이 도시에 나보다 마력이 강력한 사람이 존재했다는 거야?"

제온은 가까스로 한 가지 가설을 떠올렸다. 확률은 무척 낮지만 제온을 제외한 다른 다섯 명의 아크메이지 중 누군가가 비밀리에 라기아 시티에 들어와 있을 수도 있었다.

그런데 문제는 아크메이지 중에서도 제온의 마력이 가장 높다는 것이다. 특히 그중에 두 명은 친구이며, 나머지 세 명도 3차 마도대전의 승전 행사에서 만난 경험이 있다.

"이럴 리가 없는데……."

"좋아, 드디어 이 지긋지긋한 임무에서도 해방이군!"

그때 문이 열리며 경비를 서고 있던 신관들이 지하실 안으로 들어왔다. 그리고,

"……."

"……."

"……."

마치 유령이라도 본 것 같은 표정으로 멍하니 서 있는 제논을 노려보았다. 제논은 그들의 얼굴에서 다시 한 번 초신수의 축복이 시작되었다는 것을 확인할 수 있었다.

"밖에 비가 내리고 있습니까?"

제온은 다시 한 번 확인했다. 신관들은 거의 감전된 것처럼 경직된 채로 가까스로 고개를 끄덕였다.

"그, 그렇습니다만……."

"어째서……."

"어째서 당신이 아직……."

사라지지 않고 이곳에 있을 수 있지?

세상 누구보다 제온이야말로 그 질문에 대한 답을 알고 싶었다. 제온은 세 신관을 가만히 바라보다 순간적으로 떠오른 새로운 가설에 벼락이라도 맞은 것처럼 몸을 떨었다.

"설마 그럴 리가……."

그것은 바로 지옥 같던 자신의 과거와 연결된 이야기다. 제온은 쓰러질 듯 비틀거렸다. 짧은 순간 동안 중력이 사라지고 세상의 상하가 뒤바뀐 것 같았다.

하지만 지금 쓰러질 수는 없었다. 제온은 어지럼증을 참으며 신관들이 서 있는 지하실 문 쪽으로 걸어갔다.

"자, 잠시 기다리십시오, 제온 경!"

"밖으로 나가시면 안 됩니다! 저희들은 경이 밖으로 나가는 걸 막으라는 임무가 내려져……."

순간, 제온의 눈에서 푸른 번개가 번뜩였다. 그것은 아크메이지 급의 마도사가 억눌러 오던 자신의 마력을 해방시켰다는 것을 의미했다.

"……."

모두가 경악하며 경직되었다.

"딱 한 번 말한다."

그리고 제온이 말했다.

"비켜. 날 막으면 죽인다."

파직 하는 소리와 함께 제온의 오른손에서 전류가 일어났다. 그것만으로도 입구를 막고 있던 세 명의 신관 중에 두 명이 엉덩방아를 찧으며 뒤로 쓰러졌다.

"히, 히익!"

"라이… 라이트닝……."

"비켜."

제온은 쓰러진 신관 사이를 그대로 걸어 지나갔다. 가까스로 버티고 서 있던 신관은 이미 초신수의 축복이 시작되었다는 것을 되새기며 잽싸게 통로의 벽 쪽으로 물러섰다.

"초신수의 축복은 이미 시작되었습니다! 제온 경! 대체 어째서!"

"……."

제온은 말없이 계단을 향했다.

비행 마법인 레비테이션(Levitation)을 사용하면 순식간에 지상에 도착할 수 있겠지만, 제온은 굳이 마법을 사용하지 않고 계단을 걸어 오르기 시작했다.

그것은 공포 때문이다.

지금부터 제온은 결코 용납할 수 없는 어떤 가설을 확인하러 가야 했다.

만약 그 가설이 사실이라면?

"아······!"

제온은 전율했다. 전장에서 칠흑의 마왕과 대치했을 때도, 자신의 숙소로 뱀파이어 퀸이 유령처럼 모습을 드러냈을 때도 이렇게까지 두렵지는 않았다.

제온이 계단을 전부 올랐을 때 신전의 숙소에는 아무도 없었다. 신관들은 모두 아프레온의 통로에서 기도를 드리거나 밖으로 나가 시민들과 함께 환호성을 지르며 기쁨을 만끽하고 있었다.

제온은 문을 열고 밖으로 나갔다.

그것은 폭우였다.

제온은 하늘을 올려다보았다. 하늘을 꽉 채운 먹구름에서 엄청난 양의 물이 지면으로 쏟아지고 있었다. 당장 5미터 앞에 비에 젖은 신관들이 무릎을 꿇고 하늘을 향해 감격의 기도를 올리고 있었고, 그 앞으로 수백 명의 시민이 구름처럼 몰려 있었다.

그들은 신관과 함께 기도하거나 미친 사람처럼 환호성을 지르며 남녀노소 가리지 않고 흥겹게 어울려 춤을 추고 있었다. 그것은 공존하기 어려운 행위였지만, 3년 만에 쏟아진 비다운 비는 사람들의 마음의 벽을 허물어버린 상태였다.

덕분에 아무도 제온을 신경 쓰지 않았다. 제온은 철퍽거리며 비에 젖은 땅을 걸었다. 춤추는 사람 중 하나가 무심결에 팔로 제온의 등을 쳤지만, 친 사람도 맞은 사람도 아무 반응 없이 자신이 하던 일을 계속할 뿐이다.

그때, 누군가 달려와 제온의 앞을 막았다.

"비켜! 모두 물러서라! 당장!"

그들 중 체격이 큰 이가 두 자루의 망치를 치켜들며 소리쳤다. 남자가 양손의 망치를 맞부딪친 순간, 엄청난 굉음이 울리며 시민들을 경직시켰다.

"라기아 시티의 시민 여러분! 당장 멀리 빠지시는 게 좋을 겁니다! 자기도 모르는 사이에 증발하고 싶지 않다면요!"

왼쪽에 있는 여자가 차분한 목소리로 소리쳤다. 사람들이 뒷걸음치기 시작했고, 제온은 여자를 힐끔 쳐다보았다. 여신관은 상대적으로 희귀한 존재였는데, 머리카락이 비에 젖어 얼굴이 잘 보이지 않았다.

"제온 경, 대체 어떻게 된 일입니까?"

오른쪽에 있는 신관이 긴장된 얼굴로 물었다. 제온은 잠시 그들을 바라보다 물었다.

"신수교단의 집행관인가?"

"렌파라고 합니다. 이쪽은 블랙빈, 그리고 저쪽은……."

"관심 없어."

순간 왼쪽에 있던 여신관이 상처 받은 표정을 지었지만 아무래도 상관없는 일이었다. 제온은 터질 것 같은 몸 안의 마력을 가까스로 제어하며 말했다.

"딱 한 번만 말한다. 비켜."

"기다려 주십시오. 지금은 차분하게 상황을 정리하고 이변의 원인을 찾아야 합니다. 그때까지 제온 경은 계속 신전에 계시는 게 좋겠습니다."

그 순간, 제온의 몸 주변으로 푸른색의 둥근 역장(力場)이 펼쳐졌다. 쏟아지는 폭우는 역장을 따라 밖으로 흐르며 더 이상 제온의 몸에 닿지 못했다.

"과연 소문대로……."

가운데 있던 신관이 휘파람을 불며 한 발 앞으로 나섰다. 왼쪽에 있던 여신관이 불안한 표정으로 렌파라는 신관을 향해 말했다.

"저기, 렌파님, 정말로 우리가 저 남자를 막아야 해요?"

"그것이 우리가 여기까지 온 목적이 아니었습니까?"

렌파는 커다란 붉은 구슬이 박혀 있는 스틱을 꺼내 들었다. 제온은 그런 모양의 성법기를 쓰는 집행관이 있다는 것을 기억해 냈지만, 이제 와서는 아무래도 상관없는 일이었다.

"잠깐! 멈춰요! 싸우면 안 된다고요!"

그러자 여신관이 급히 앞으로 나서며 동료의 앞을 가로막았다.

"무슨 짓입니까, 클로시아! 우리의 임무를 잊었습니까!"

렌파는 눈살을 찌푸리며 성법기에 마력을 집중했다. 클로시아라고 불린 여신관은 머리를 세차게 저으며 소리쳤다.

"우리 임무는 세상의 섭리께 바쳐진 제물이 라기아 시티를 탈출하지 못하게 막는 거였잖아요! 그리고 축복은 이미 시작됐어요! 시작된 지 한 시간이나 지났다고요! 그런데 제온님은 여기 이렇게 살아 계셔요! 그게 뭘 의미할까요? 당연히 제온님이 제물이 아니었다는 거죠!"

"물론 논리적으로 생각하면 그렇습니다만······."

"그러니까 우리가 제온님과 싸울 필요는 전혀 없어요! 그리고 블랙빈! 당장 그 망치 집어넣고 물러서요! 당신이 아무리 싸움을 좋아해도 지금만은 안 된다고요!"

"너무하는데, 클로시아? 내가 저 남자에게 질 것 같아?"

체격이 큰 신관, 블랙빈이 두 자루의 망치를 엑스 자로 교차하며 호전적으로 웃었다. 클로시아는 눈을 치켜뜨며 바락바락 소리쳤다.

"당연하죠! 무슨 생각이죠? 지금은 반드시 져요!"

"뭐라고?"

"지금 비가 오잖아요! 하늘에는 먹구름이 잔뜩 끼었고요! 이런 날씨에는 마왕들조차 제온님을 두려워할 게 분명해요!"

클로시아는 손을 뻗어 하늘을 가리켰다. 그러자 전의를 불태우고 있던 렌파조차도 상황을 파악하고는 움찔하며 몸을 떨었다.

"파이슨 전투······."

"그래요! 지금 싸우면 우린 물론이고 주위에 있는 모든 시민까지 전멸이라구요!"

그 순간, 10미터쯤 떨어진 곳에서 싸움 구경을 하던 시민들이 깜짝 놀라며 뒷걸음쳤다. 제온은 역장을 펼친 채로 말없이 걸음을 옮겼다. 클로시아는 다른 두 신관을 양팔로 안고 억지로 밀어내기 시작했다.

"자! 자! 비켰어요! 비켰어요, 제온님! 저희들은 안 막을 테니까 가고 싶은 데로 마음대로 가세요!"

"클로시아, 하지만······!"

"우린 대주교님의 명령은 무엇 하나 어기지 않았어요! 그렇잖아요! 게다가 난 이렇게 비에 젖은 생쥐 꼴로 죽고 싶지 않아요! 그것도 제온님을 상대로! 사인은 받지 못할망정!"

제온은 그대로 세 명의 집행관을 지나갔다. 여신관의 판단은 정확했다. 지금 싸우면 가뜩이나 희박한 승산이 거의 제로에 가깝게 떨어진다.

"뭐가 어떻게 된 거지?"

"이런 경사스런 날에 왜 저러는 거야?"

"저분, 제온님 아니야?"

"왜 제온님이 신관들과 말다툼을 하는 거지?"

신전 터 주위에 모여 있던 수천 명의 시민은 영문도 모른 채 제온을 위해 길을 열어주었다. 제온은 퀭한 눈으로 신전 터를 빠져나와 시내로 이어진 가도를 걸어가기 시작했다.

여기서부터 걸어가면 집까지 20분이면 도착할 것이다.

하지만 정신을 차려보니 이미 눈앞에 집이 있었다.

저택의 앞뜰에는 고용인들이 쏟아지는 폭우를 뒤집어쓰며 야외 댄스파티를 벌이고 있었다.

"어머! 주인님!"

15년째 저택에서 일하는 메이드 장이 한참 만에 문 앞에서 선 제온을 발견하며 소리쳤다. 그러자 스무 명이 넘는 고용인들이 경악하며 제온을 향해 몰려들었다.

"제온님! 돌아오셨군요!"

"걱정했습니다, 주인님!"

"대체 어떻게 되신 건가요?"

"마님께서 얼마나 걱정하셨는데요!"

마치 비가 내리자 땅에서 튀어나온 개구리들이 일제히 울음을 터뜨린 듯했다. 제온은 순간적으로 그들을 모두 죽이고 싶은 충동을 느꼈다. 한순간에 쓸어버리고 조용하게 만들면 속이 후련할 것 같았다.

'안 돼. 프로나가 슬퍼할 거야.'

가까스로 충동을 참아내며 제온은 메이드 장에게 말했다.

"프로나는……."

"네, 주인님?"

"프로나는… 집 안에 있습니까?"

"네? 마님이라면 당연히……."

메이드 장은 프로나 역시 앞뜰에서 축복을 만끽하고 있을 거라고 생각하며 주위를 둘러보았다.

"…그러고 보니 마님이 보이지 않네요. 아무래도 비를 맞으면 뱃속의 아기님께 악영향이 갈까 봐 나오시지 않은 것 같습니다. 하지만 걱정 마세요. 점심때까지만 해도 제가 식사를 차려드렸거든요. 많이 드시진 않았지만."

제온은 메이드 장을 제치며 저택 안으로 달려 들어갔다. 저택의 고용인은 모두 앞뜰에 나와 있기 때문에 넓은 저택 안은 텅 비어 있는 상태였다.

"프로나… 프로나!"

목이 잠겨 있어서 큰 목소리가 나오지 않았다. 제온은 프로나를 부르며 그들의 방이 있는 3층으로 달려 올라갔다.

"프로나!"

그녀의 방문을 열었지만 안에는 아무도 없었다.

함께 쓰는 거실에도 없었다.

그녀가 자주 머무는 서재에도 없었다.

"프로나! 프로나! 대체 어디 있어, 프로나!"

제온은 목이 쉬는 것도 모른 채 아내의 이름을 불렀다. 하지만 대답은 돌아오지 않았다.

사실은 저택에 들어온 순간부터 알고 있었다.

그는 사람의 몸 안에 흐르는 생체 전류를 감지할 수 있었다. 저택 어느 구석에 숨어 있더라도 그의 감지 범위를 벗어날 순 없었다.

"프로나……."

제온은 마지막까지 들어가지 않은 자신의 방문 앞에 서 있었다. 방문은 누군가 들어간 듯 조금 열려 있었다. 물론 그 안에서 인간의 기척은 느껴지지 않지만 제온은 떨리는 손으로 문을 밀며 방 안으로 들어갔다.

창가에 옷이 떨어져 있다.

제온은 창가로 걸어갔다. 바닥에 놓인 옷은 하나가 아니었다. 한 여자가 입고 있었을 모든 옷이 그 자리에 아무렇게나

놓여 있었다.

"……."

제온은 경련을 일으키는 손으로 겉옷을 집어 들었다. 임산부를 위해 만들어진 복부의 품이 넉넉한 원피스였다.

"아……."

제온은 그 옷을 품에 안았다.

금방 벗어놓은 듯 아내의 체취가 남아 있다.

"아흑……."

쉰 목에서 쥐어짜는 듯한 신음이 새어 나왔다.

이제는 모든 것을 알 수 있었다.

어째서 자신이 사라지지 않은 것인지.

어째서 프로나가 제물로 바쳐진 것인지.

강력한 병기를 얻기 위해 그들은 금지된 방법으로 성법기를 만들었다.

그것은 엄청난 마력을 담을 수 있는 그릇이고, 인간의 형태를 가지고 있었다.

대부분 실패했지만, 드물게 성공하기도 했다.

그래서 한 아이가 세상의 모든 인간을 능가하는 마력을 가지고 태어나게 된 것이다. 그 아이가 자라서 어른이 되었고, 사랑하는 사람과 맺어져 아이를 가지게 되었다.

그런데 그 아이는 아버지와 마찬가지로 '그릇'의 피를 가지고 있었다.

일단 완성된 그릇은 인간이 가질 수 있는 한계에 가까운 마력을 가지게 된다.

"그래, 나와 같은… 나와 똑같은 마력을……."

제온은 왼손으로 자신의 얼굴을 움켜쥐었다.

정말로 똑같았다면 자신이 제물이 되었을지도 모른다. 하지만 아기는 혼자가 아니었다. 뱃속에 자신을 품은 어머니 역시 나름 강력한 마력을 가진 마법사였다.

아프레온은 그 둘을 하나로 인식한 것이다.

"미안해……. 정말 미안해……. 나 때문에… 내가 그렇게 태어났기 때문에……."

제온은 흐느끼며 아내의 옷에 입을 맞췄다.

그리고 입술을 깨물었다.

"용서 못해……."

중얼거리는 제온의 얼굴에서 피가 흘러내렸다. 손톱이 얼굴을 파고들었지만 통증은 전혀 느껴지지 않았다.

"죽여 버릴 거야. 태어나서 처음으로 기도까지 했는데……."

청백색의 비늘을 가진 거대한 드래곤이 제온의 눈앞에 아른거렸다.

제온은 마음속으로 맹세했다.

만약 그것이 정말로 세상의 섭리라면,

결국 그날이 오고 말 것이다.

세상의 섭리가 무너지는 그날이…….

2장

광검(光劍) 베오르그

레스톤 왕국 수도 라기아 시티에 초신수 아프레온이 출현한 지 약 1년 후.

유리언 대륙의 동쪽, 개척자의 도시 마요르는 전에 없던 긴 장감에 휩싸여 있었다.

"그 남자가 과연 함정에 걸려들까?"

"그럴 거라고 생각합니다."

"만약 아니라면?"

"그렇다면 그분에게 이단의 혐의가 없는 것이겠죠."

마요르의 중앙 광장 주변의 벤치에 앉아 두 남자가 심각한 얼굴로 대화를 나누고 있었다. 한 사람은 도시에서 흔히 볼 수 있는 신수교단의 평신관으로 작은 체격에 눈이 가늘어 유약해 보이는 인상이다.

하지만 그의 정체는 신수교단의 적을 처단하는 최강의 무력 조직인 집행관이었고, 그중에서도 단 열두 명뿐인 일급 집행관 렌파였다. 지금은 단지 신분을 감추기 위해 평신관의 옷을 입고 있는 것이다.

"그럴 리가 없지. 지난 1년간 보여준 그 남자의 행동은 자신이 이단임을 명백하게 드러내고 있네."

렌파와 이야기를 나누고 있는 또 다른 한 사람은 30대 중반의 금발 남자로, 귀족적인 화려한 외모를 허름한 개척자의 복장으로 숨기고 있었다. 그의 정체는 모든 집행관을 통솔하는 네 명의 대집행관 중 한 명인 체리오트였다.

"하지만 대집행관님, 단순히 그가 알바스 고원을 방랑했다는 것만으로 그를 이단으로 몰고 갈 수는 없습니다."

렌파는 신중한 목소리로 말했다. 체리오트는 얼굴을 찌푸리며 고개를 저었다.

"아니야. 알바스 고원이 어떤 곳이지? 물과 생명을 주관하시는 세상의 섭리께서 가끔씩 돌아와 휴식을 취하시는 성소가 아닌가?"

"물론 신도들 사이에는 그렇게 소문난 장소이긴 합니다만,

대집행관님께서도 아시다시피 지난 수백 년 동안 세상의 섭리께서 그곳에 나타나신 것은 단 두 번뿐입니다."

렌파는 두 번이라는 말을 강조하며 말을 이었다.

"제온님은 매직 아카데미에 재학 당시 신수학을 깊이 섭렵했습니다. 그런 그분이 이런 사실을 모를 리 없다고 생각합니다."

"그저 복수심에 눈이 멀어 닥치는 대로 뒤지고 다니는 게 아니겠나? 말 그대로 하룻강아지 범 무서운 줄 모른다고 말이지."

"물론 심증이 없는 건 아닙니다만."

"물증은 없다 이건가?"

체리오트는 불만스런 표정으로 렌파의 말을 끊었다.

"우리의 임무가 뭐지? 세상의 섭리께 반기를 든 이단과 배교자들을 처단하는 게 우리가 존재하는 목적 아닌가?"

"물론 그렇습니다."

"잡초는 싹이 났을 때 뽑아버려야 해. 소극적으로 대처하다간 잡초가 자라 또 다른 씨를 퍼뜨리게 돼. 무성해진 잡초밭을 갈아엎는 데 대체 얼마나 엄청난 시간과 수고가 들어갈지 생각해 본 적 있는가?"

"당연한 말씀이십니다. 그래서 제가 이런 함정을 판 것입니다."

렌파는 고개를 들고 광장 주위를 둘러보았다. 마요르의 광장 중심부에는 개척민들의 대륙 동부 개척을 지원한 신수교단의 기념신전이 세워져 있고, 그 안에는 철통같은 경비와 함께 신수교단의 3대 성물 중 하나인 '베오르그'가 보관되어 있다.

"만약 제온님이 베오르그를 탈취하기 위해 이곳에 온다면 그분이 이단이라는 사실이 확정되는 것입니다. 만약 오지 않는다면… 아무것도 아니겠죠."

"난 온다는 것에 걸지."

체리오트는 과거를 떠올리며 말했다.

"우리 교단은 레스톤 왕국과 협력하여 그자에게 막대한 부와 명예를 약속했어. 하지만 그자는 감시를 풀고 레스톤 왕국을 빠져나가 버렸지."

"그렇습니다. 그리고 모든 혐의가 곧 명백해질 것입니다."

렌파 역시 그날을 떠올리며 고개를 끄덕였다. 아내를 잃은 제온은 며칠 동안 자신의 저택에 틀어박혀 외부와의 접촉을 끊었다. 신수교단은 곧바로 제온의 아내인 프로나를 교단의 성인으로 추대했고, 레스톤 왕국은 제온이 겪어야 한 희생에 대한 대가로 제온을 '트란 후작'에 임명하는 파격적인 조취를 취했다.

트란 후작령은 레스톤 왕국 전 영토의 5분의 1에 달하는 막대한 크기의 영지로 사실상 한 나라의 왕이나 다름없는 엄청난 자리였다. 하지만 제온은 자신에게 주어진 모든 것을 포기하고 사흘 만에 레비테이션 마법으로 어딘가로 사라져 버렸다.

신수교단은 즉시 전 대륙에 제온의 신원을 수배하는 한편, 그와 절친한 관계로 알려진 모든 자에게 감시를 붙였다. 제온 한 명만으로도 엄청난 재앙이었다. 거기에 하나같이 거물들만 모여 있는 나인제로 몬스터즈가 힘을 모은다면 아무리 무소불위의 권력을 가진 신수교단이라 해도 고전을 면치 못할 것이 분명했다.

'하지만 제온님은 다른 나인제로 몬스터즈와 접촉하지 않았다. 그가 무슨 일을 계획하고 있든 간에 혼자 하려는 게 분명해. 그것이 정녕 세상의 섭리께 거역하는 이단이 아니길 바라지만……'

렌파는 초신수의 축복이 쏟아지던 그날, 자신들과 대치하던 제온의 모습을 떠올리며 입술을 깨물었다.

물론 이 모든 함정을 파고 작전을 계획한 건 그 자신이다. 하지만 마음속으로는 부디 제온이 이곳에 모습을 나타내지 않기를 간절히 바라고 있었다.

—정말로 제온님과 싸울 생각이라면 말이죠, 최소한 화살

받이로 쓸 병사 천 명에 회색망토단 백 명과… 집행관도 열 명은 필요할 거예요.

그것은 자신의 직속 부하이자 개인적으로 제온의 열렬한 추종자이기도 한 이급 집행관 클로시아의 예상이었다. 하지만 렌파는 그녀가 말한 것 이상을 준비했다. 제온에게 결정타를 먹일 수 있는, 신수교단 최강의 존재라 할 수 있는 대집행관까지 모셔온 것이다.

"자네는 유능한 집행관이야."

체리오트는 가느다란 눈으로 바닥을 노려보고 있는 렌파를 향해 말했다.

"언제나 임무에 충실하고 사심 없이 공정하게 일을 처리하지."

"그야 집행관으로서 당연히 해야 할 일일 뿐입니다."

"물론 그러네만……."

체리오트는 근심 어린 표정으로 하늘을 바라보았다.

"지금은 그 어느 때보다 상황이 좋지 않아. 그래서 우리 교단에는 더더욱 자네 같은 인물이 필요한 거라네."

"대집행관님의 말씀, 명심하고 마음에 새겨두겠습니다."

렌파는 오른손을 가슴에 얹으며 대답했다. 물론 지금은 신수교단의 적들이 사방에서 준동하는 상태였다. 제온 같은 미

확인의 불온분자들은 제외하더라도 오랜 동안 신수교단에 반기를 드러내고 있는 지하 조직이 다수 있었다.

거기에 신수교단의 막강한 권력에 염증을 느끼고 있는 몇몇 국가의 반발도 점점 커지고 있었다. 하지만 이런 건 신수교단의 역사에 언제나 함께 따라다니는 문제였다. 신수교단의 600년 역사 중에 이보다 심각한 상황은 얼마든지 찾아볼 수 있었다.

'그렇다면 역시 체리오트님이 걱정하고 있는 것은⋯⋯.'

렌파는 체리오트의 어두운 표정에서 좀 더 깊고 무거운 무언가를 느꼈다. 그것은 집행관으로서 교단의 중심부에서 일하고 있는 렌파 역시 조금씩 깨닫기 시작한 어떤 문제와 일맥상통하는 것이었다.

교단 내부의 부패.

그것은 단지 각 지역의 신전들이 재물을 모아 축적한다던가, 신관들이 교리를 어기고 사사로운 행복을 추구한다던가 하는 문제가 아니었다.

바로 신수교단이 가지고 있는 권력의 근원을 특정 개인이 자신들의 소유물로 삼아 비밀리에 힘을 키우고 있는 것이었다.

"렌파님?"

그때 벤치 뒤쪽에서 한 여자가 다가오며 말했다. 그녀는 바로 렌파의 부하인 집행관 클로시아였다.

"아무래도 사냥감이 걸려든 것 같습니다."

"정말인가?"

렌파보다 체리오트가 먼저 눈을 부릅뜨며 되물었다. 클로시아는 착잡한 표정으로 고개를 끄덕였다.

"네. 좀 전에 서쪽 성문에서 연락이 왔습니다."

렌파는 벤치에서 몸을 일으키며 다시 물었다.

"확실히… 제온님입니까?"

"그렇습니다."

"이젠 혐의가 확실해졌으니 존칭을 붙이지 않는 게 좋겠군."

체리오트는 오른손의 중지에 끼고 있던 검은색의 반지를 만지작거리며 말했다.

"지금 이 순간부터 제온 스태틱을 우리 신수교의 이단으로 선고한다. 수단과 방법을 가리지 않고 처단하도록."

"알겠습니다."

렌파와 클로시아가 동시에 가슴에 손을 짚으며 대답했다. 그것은 개척민들과 신수교단이 힘을 합쳐 만들어낸, 자랑스러운 개척자의 도시 마요르가 피의 폭풍에 휘말릴 것을 예고하는 선언이었다.

"여기가 마요르인가······."

제온은 색이 바랜 쥐색 망토로 몸을 감싼 채 마요르의 성문을 지나고 있었다.

복면으로 입을 가린 것은 신분을 감추기 위해서라기보다는 그저 동부의 흙먼지와 모래바람을 피하기 위해서이다. 어차피 그를 주시하고 있는 자들은 외모가 아닌 몸 안의 마력의 세기와 특성으로 자신을 파악한다. 얼굴을 가리는 건 그다지 큰 의미가 없었다.

물론 마력을 완전히 감추는 것도 불가능한 것은 아니다. 하지만 그렇게 하면 불시의 기습에 빠른 대처가 어려웠다. 1년 전 라기아 시티의 저택을 빠져나와 몸을 숨길 때부터 제온은 이미 자신이 만인에 대한 투쟁 상태에 돌입했다는 것을 자각하고 있었다.

'오늘부터는 정말로 밤에 잠도 제대로 못 자는 신세가 되겠군.'

제온은 성벽 위에서, 골목 사이에서, 가게 안에서 자신을 노려보고 있는 사람들의 시선을 느꼈다. 그들이 자신을 파악했듯이 자신도 그들 모두를 파악하고 있었다.

그랬다.

함정인 줄 알면서 걸려준 것이다.

마요르는 지금으로부터 백 년 전, 척박한 자연과 강력한 마물들이 들끓던 대륙 동부의 위험 지역을 개척한 개척민들이 세운 도시다.

당시에 신수교단은 이들의 개척을 지원하기 위해 회색망토단을 파견했는데, 그중에서 베오르그란 신관의 활약이 전설로 남을 정도로 대단했다.

특이한 것은 베오르그가 다루던 성법기가 어둠 속에서 빛을 발하는 능력을 가지고 있다는 점이었다. 빛은 주인의 의사와 관계없이 특정 방향을 향해 뻗어 나갔는데, 나중에 확인된 바에 의하면 그 빛은 언제나 가장 가까운 곳에 있는 세상의 섭리, 즉 초신수가 있는 방향을 가리키는 것으로 밝혀졌다.

그런데 지금으로부터 1개월 전, 대륙 전체에 그 칼이 파기된다는 소문이 퍼지기 시작했다. 이유는 신수교단의 내부 결정에 따라 초신수의 위치를 나타내는 그 칼이 불온한 목적으로 쓰일 수 있기 때문이라는 것이다.

'광검 베오르그, 초신수를 향한 길잡이, 지난 수십 년간 끊임없이 논란을 불러일으켰지.'

물론 제온은 그 칼의 존재를 정확히 알고 있었다. 신수교단에 대항하는, 그들이 '이단'이라고 칭하는 여러 지하 세력이 언제나 그 칼을 노리고 있다는 것도 알고 있고, 물론 자신에게도 그 칼이 목적을 달성하는 데 큰 도움이 될 거라는 걸 알고 있었다.

하지만 제온에겐 그보다 먼저 해야 할 일들이 있었다. 그래서 지난 1년간 최대한 모습을 감추고 대륙의 각지를 떠돌아다닌 것이다.

'많이도 모아놨군.'

제온은 도시의 대로를 따라 일직선으로 걸었다. 신경망이 곤두선 수백 명의 감시자도 일정 간격을 두고 그와 함께 움직였다.

마치 개미처럼.

개인의 의지가 아닌, 하나의 통합된 목표를 위한 집단적인 움직임이었다.

공통된 신념이 있고 자신의 개성을 버릴 각오가 있다면 인간은 효율적인 군체처럼 행동할 수 있었다.

물론 인간을 짓밟아 죽이는 건 괴로울 것이다. 그것은 마땅히 괴로워야 하고 양심에 가책을 받아야 한다.

그것을 처음으로 가르쳐 준 것이 바로 프로나였다.

"하지만 개미라면 문제없어."

중얼거리는 제온의 눈앞에 공원이 나타났다. 그것은 처음 이 땅을 개척한 영웅들을 기리는 기념공원으로, 곳곳에 백 년 전 영웅들의 모습이 실물 크기의 석상으로 세워져 있었다.

제온은 공원 안으로 걸음을 옮겼다. 지금까지 쫓아오던 감시자들은 더 이상 은폐할 공간이 없기 때문에 공원 입구 쪽의 건물 사이사이에 집결한 채 움직임을 멈췄다.

반면, 공원 안은 평화로워 보였다.

사람들은 벤치에 앉아 느긋하게 쉬고 있었고, 풀숲에 자리를 깔고 점심 식사를 하기도 했으며, 여유 있는 걸음걸이로 산책을 즐기고 있었다.

신관들의 모습도 자주 눈에 띄었다. 여기에 신수교단의 기념신전이 있다는 것을 생각하면 당연한 일이다. 신관들 역시 시민들처럼 산책과 사색을 하고 자기들끼리 군데군데 모여서 신수교단의 교리라던가, 세상 돌아가는 이야기 같은 것을 나누고 있었다.

그들 중 제온을 보고 있는 사람은 아무도 없었다.

그리고 제온에게 신경을 집중하지 않은 사람도 없었다.

"철저하군. 민간인은 한 명도 없어."

제온은 웃으며 계속 걸음을 옮겼다. 목표는 공원의 중심부에 있는 기념신전이다.

그때, 벤치에 앉아 있던 한 신관이 몸을 일으키며 제온의 앞을 가로막았다.

"마지막으로 묻겠습니다."

신관은 다짜고짜 말했다.

"제온 스태틱, 광검(光劍) 베오르그를 탈취하러 왔습니까?"

"그쪽은… 낯이 익군요."

제온은 신관의 얼굴을 바라보며 차분하게 말했다.

"신수교단의 집행관 렌파님이 아니십니까?"

렌파는 입을 다물고 가느다란 눈으로 제온을 응시했다. 제온은 그의 허리춤에 꽂혀 있는 붉은 구슬의 스틱을 바라보며 미소를 지었다.

"인시너레이트(Incinerate) 렌파. 알고 보니 집행관 중에서도 유명하신 분이더군요. 그때는 제가 경황이 없어서 무례했습니다."

"⋯질문에 답해주십시오."

렌파의 경계 수준이 최고 상태로 올라갔다. 제온은 공원 입구 쪽에 멈춰 있던 감시자들이 공원 안으로 몰려오는 것을 느꼈다.

"아닙니다."

"아니라고 하셨습니까?"

"네."

"그럼 어째서⋯⋯."

"어째서일 것 같나요?"

제온은 편안한 얼굴로 물었다. 렌파는 자신의 감정을 드러내지 않는 편이지만, 지금 이 순간만큼은 얼굴에서 당혹감을 감추지 못했다.

제온은 주위를 둘러보며 말했다.

"이런 시기에 베오르그를 파기하다니, 마치 함정이라고 광고하는 셈이죠."

"그런데 어째서?"

"확인하고 싶었거든요. 그 함정이 얼마나 무서운지."

"그런……."

렌파는 입술을 깨물었다. 그리고 자신의 앞에 쾅 소리가 나는 충격파를 터뜨리며 반동으로 뒤로 날려갔다. 그것은 3등급의 마법인 충격 마법 쇼트 임팩트(Short impact)였고, 목적은 단순히 제온과의 거리를 벌리기 위해서였다.

그 순간, 동시에 온 사방에서 시민들과 신관들이 제온을 향해 몸을 틀었다.

'시작인가?'

평범한 시민과 신관을 연기하고 있던 신수교단의 모든 전투원이 일제히 마법을 시전했다. 2등급 마법인 파이어 애로우(Fire arrow) 84발과 4등급 마법인 파이어 볼(Fire ball) 37발이 정확히 한 지점을 향해 쏟아졌다.

"멋진데?"

제온의 입꼬리가 살짝 올라갔다. 그리고 맹렬한 폭발과 함께 불지옥이 펼쳐졌다.

귀를 찢는 폭음.

모든 것을 집어삼킬 것처럼 사방으로 부풀어 오르는 화염.

순식간에 달궈진 공기가 맹렬한 폭풍을 일으키며 공중으로 솟구쳤고, 이상 기류로 인해 공원의 나뭇잎과 풀이 일제히 제온이 서 있는 방향을 향해 휘날리기 시작했다.

"아직이다! 회색망토단은 이차 마격(魔擊)을 시전하라! 용병단이 도착할 때까지 시간을 벌어야 한다!"

렌파는 품속에서 붉은 구슬이 박힌 스틱을 뽑아 들며 소리쳤다. 그러자 재차 백여 발의 화염계 마법이 쏟아졌고, 그사이 공원 외곽 쪽에 대기하고 있던 용병단이 함성을 지르며 몰려오기 시작했다.

"회색망토단은 후방으로! 용병단이 싸울 공간을 만들어라!"

렌파의 명령이 떨어지자 마력이 고갈된 신관들이 재빨리 뒤로 빠지기 시작했다. 가장 먼저 달려온 것은 날이 붉은 창을 들고 있는 마투병(魔鬪病)이었다.

"일차 투척!"

지휘관의 명령에 따라 백여 명의 마투병이 폭염의 중심지를 향해 일제히 창을 집어 던졌다. 그들의 무기는 '파이어 랜스(Fire lance)'로, 비교적 쉽게 대량 양산되어 마법을 못 쓰는 일반 병사들에게 널리 보급된 최하급 성법기였다.

그것은 막 사그라지던 폭염에 기름을 붓는 격이었다. 백여 자루의 창이 폭염의 중심부에 있던 무언가에 충돌한 순간, 새로운 폭발을 일으키며 뱀의 혀 같은 불줄기를 사방으로 뿜어 냈다.

그 순간, 지면을 울리는 굉음과 함께 투명한 역장에 감싸인 제온이 폭염을 뚫고 하늘로 날아올랐다. 그러자 용병단의 지휘관들은 예측이라도 했다는 듯 대기 중이던 또 다른 마투병 부대에게 명령을 내렸다.

"이차 투척!"

그러자 또다시 백여 발의 파이어 랜스가 포물선을 그리며 제온을 향해 날아갔다. 공중에 떠오른 제온은 날아오는 창의 집중 공격을 받으며 그대로 지면으로 추락했다.

"마투병 퇴각! 방패병은 포위 진형을 갖춘다! 궁병은 후방에 대기!"

용병단 지휘관들의 신속한 명령과 함께 대규모의 위치 변동이 이뤄지는 가운데, 성문에서부터 제온을 따라온 감시자들이 일제히 공중으로 날아오르며 감싸듯이 하늘을 포위했다. 그들의 정체는 회색망토단 중에서도 질풍계 마법을 전문적으로 다루는 전투원으로 신속한 이동과 비행, 그리고 칼날처럼 목표를 난자하는 공격력을 가지고 있었다.

"이단자에게 자비는 사치다! 형제들이여! 공격하라!"

수석 신관의 명령에 따라 3등급 마법인 윈드 커터(Wind cutter)의 폭격이 지면으로 쏟아졌다. 총 120개의 초승달 같은 바람의 칼날이 단 하나의 목표를 향해 쏜살처럼 내리꽂히는 광경은 그야말로 장관이었다.

"전원 대기! 그대로 명령을 기다려라!"

윈드 커터의 난무하자 흙먼지가 자욱하게 오른 가운데 렌파는 심상치 않은 표정으로 정면을 응시했다.

그리고 그 순간, 자욱한 먼지를 가르며 형광색의 구체가 지직거리며 떠올랐다.

"형제들이여! 포스 필드(Force field)를 최대로……!"

경악한 수석 신관이 말을 채 끝내기도 전에 직경 2미터의 전기 구체에서 사방으로 수십 가닥의 전류가 뿜어져 나왔다.

단 한순간이었다.

공중에 떠 있던 120명의 신관 중에 33명의 신관이 동시에 감전되며 지면으로 추락했다.

"막을 수 있는 거면 쓰지도 않았어."

제온은 나지막하게 중얼거렸다.

흙먼지 사이로 모습을 드러낸 그의 모습은 처음과 전혀 다르지 않았다.

깊게 파인 바닥은 검게 타 부스러졌고, 그 위로 마력을 다 쓴 수백 자루의 파이어 랜스가 검댕을 잔뜩 뒤집어쓴 채 내동댕이쳐져 있었지만 제온의 얼굴에는 손톱만큼의 그을음도 묻어 있지 않았다.

제온이 오른손을 앞으로 내밀자, 그 위로 소용돌이치며 휘감기는 전기 구체가 맺히기 시작했다. 상황을 파악한 렌파는 손에 든 스틱을 앞으로 내밀며 소리쳤다.

"볼 라이트닝(Ball lighting)이다! 모두 흩어져!"

동시에 공중에 떠 있던 신관들이 거미새끼처럼 사방으로 흩어졌다. 하지만 일단 제온의 손에서 떠난 전기 구체는 손쓸 틈도 없이 사방으로 수십 가닥의 전류를 뿜어냈다.

파직 하는 소리는 단 한 번밖에 들리지 않았다.

"이럴 수가⋯⋯!"

렌파는 또다시 한순간에 벌어진 참극에 경악했다. 이번에도 정확히 33명의 신관이 감전의 경련을 일으키며 지면으로 추락했다.

"피해! 닿으면 죽는다!"

멀찌감치 제온을 포위하고 있던 용병들은 하늘에서 떨어지는 신관들에 기겁하며 피했다. 이미 먼저 떨어지던 신관들을 받으려다가 몸에 남아 있는 전기에 똑같이 감전되었던 것이다.

"개미는 바닥을 기어야지."

제온은 서늘한 미소를 지었다. 그리고 상대에 대해 듣지 못한 용병들의 입에서 신음 같은 소리가 새어 나오기 시작했다.

"저, 저거⋯ 설마 라이트닝⋯⋯."

"정말로 제온이야? 그 제온?"

"어이, 아무리 선금을 왕창 받았어도 이건 너무하잖아?"

용병들을 이끄는 지휘관들 역시 같은 생각을 하고 있었지 만 일단 선금을 받았고, 의뢰인이 신수교단인 이상 이제 와서 도망칠 수는 없었다.

그들이 내릴 수 있는 판단은 오직 공격뿐이었다.

"방패병 전진! 포스 쉴드(Force shield)면 어느 정도 방어가 가능할 거다!"

그 판단은 자신들을 파멸로 몰고 가는 선택이었다.

"방어는 무슨."

제온은 양손으로 6등급 마법인 체인 라이트닝(Chain lighting)을 발사했다. 그것은 7등급인 볼 라이트닝보다 한 등 급 낮은 마법이었지만, 명중한 순간 밀집해 있는 적 사이로 사슬처럼 퍼져 나가며 수십 명의 희생자를 추가로 만들어냈 다.

"체인 라이트닝, 체인 라이트닝, 체인 라이트닝, 체인 라이 트닝……."

제온은 마법을 끊임없이 사방으로 뻗어내며 걸음을 옮겼 다. 최하급 성법기인 포스 쉴드 따위로는 작열하는 뇌전의 줄 기를 1초도 막아낼 수 없었다.

"퇴각! 퇴각하라! 이건 말도 안 되는… 으그그그그그극극!"

새파랗게 질려 퇴각 명령을 내리던 지휘관이 순식간에 퍼진 뇌전 줄기에 스치며 경련을 일으켰다. 감전의 고통은 인간이 인내할 수 있는 그런 개념이 아니었다. 일단 몸 안에 전류가 흐르기 시작하면 그다음은 신경망이 알아서 폭주를 시작한다.

남는 것은 영구적인 신경과 근육의 손상뿐이었다.

그리고 그 근육이 심장이라면 즉사한다.

제아무리 강력한 마력을 지닌 마도사라 해도 일단 자신의 방어막이 뚫리면 그다음은 똑같았다. 지금 바닥에 쓰러진 채 뒤집힌 눈으로 침을 흘리며 꿈틀거리는 일개 용병과 똑같은 모습이 되고 마는 것이다.

"너희는 몰라."

제온의 목소리는 비명과 고함 소리에 묻혔다. 그때 칼을 쥔 두 남자가 지면을 박차며 쏜살같이 달려왔다.

신체 속도를 상승시키는 질풍계 4급 마법 윈드 워크(Wind walk).

3급 마법이지만 개인의 마력에 따라 천차만별의 방어력을 가지고 있는 충격계 마법 포스 필드.

그리고 칼에 걸려 있는 것은 가격 순간 돌풍을 일으키는 질풍계 5급 마법 사이클론 블레이드(Cyclone blade).

제온은 찰나의 순간 그것을 파악했다. 그들은 마치 쌍둥이

처럼 똑같은 마법을 몸에 걸고 돌진하고 있었다.

'저게 바로 양산형인가?'

제온은 속으로 웃었다.

그들은 바로 속칭 '양산형 집행관'으로 불리는 수련 집행관이었다. 회색망토단 같은 전투 집단에서 젊고 재능 있는 자들을 따로 선별해 정해진 프로그램에 따라 체계화된 훈련을 받는다.

'그러고 보니 내가 육탄전에 약하다는 소문이 있지.'

제온은 몸 안의 신경망을 가속시켰다. 쏜살처럼 달려와 칼을 휘두르는 두 남자의 움직임이 갑자기 슬로우 모션처럼 느려졌다.

'너희는 이런 마법이 있는지도 모를 거야.'

제온은 양팔을 뻗어 맨손으로 적들의 칼을 받아냈다. 동시에 두 집행관의 눈이 경직되었다.

빠르다.

집행관들이 그것을 감지한 순간, 칼을 받아낸 제온의 양손에서 푸른 전기가 폭발하듯 사방으로 튀었다. 집행관들의 칼에 걸려 있던 사이클론 블레이드는 돌풍을 일으키지도 못하고 폭발하는 전기에 충돌하며 소멸되었다.

말도 안 돼.

집행관들은 표정으로 그렇게 말했다. 그것은 공수 일체의 마법이었다. 폭발하듯 퍼진 전기는 그대로 집행관들의 몸을 휘감았다. 파직거리는 스파크가 사방으로 튀는 가운데, 집행관들의 몸을 보호하고 있던 역장이 삽시간에 힘을 잃으며 소멸되었다.

포스 필드를 다시 발동시켜야 한다.

순간의 판단이 집행관들의 뇌리를 스쳤다. 하지만 제온의 사고 속도는 적들이 새로운 역장을 치는 것을 허용하지 않았다. 강력한 마법도 필요 없었다. 그저 움켜쥔 칼날을 통해 가벼운 전류를 흘려 넣으면 끝이었다.

"으아아아아아아아악!"

집행관들은 비명을 질렀다. 손에 들고 있는 칼을 놓아야 한다는 것을 알았지만, 감전된 근육이 경직되어 손아귀가 풀리지 않았다.

집행관들의 몸에서 하얀 연기가 피어올랐다.

그들이 생전에 마지막으로 느낀 것은 자신들의 살이 익는 냄새였다. 제온은 석상처럼 굳어버린 집행관들 사이를 지나갔다. 눈앞에 보이는 것은 렌파와 또 다른 집행관들이었다.

"젠장! 역시 견습들에겐 무리였다고!"

렌파의 뒤쪽에 서 있던 덩치가 큰 집행관이 욕지거리를 내뱉으며 소리쳤다. 제온은 그 남자의 얼굴과 이름을 기억했다.

"블랙빈이라고 했지?"

그러자 그에 대한 모든 정보가 꼬리표처럼 머릿속에 따라왔다.

블랙빈. 신수교단의 이급 집행관. 일급 집행관 렌파의 직속 부하. 힘이 굉장하다. 크래시 해머(Crash hammer)라 불리는 중급 성법기 두 개를 동시에 다룬다.

"수습들은 나서지 마! 클로시아! 지원 부탁한다!"

블랙빈은 렌파의 명령도 없이 두 자루의 망치를 들고 막무가내로 돌진했다. 제온은 손을 뻗어 적을 향해 한줄기의 번개를 쏘았다. 찰나의 순간 섬광이 번뜩였지만, 블랙빈의 몸을 감싼 단단한 역장이 대신 그것을 막아주었다.

"라이트닝 볼트(Lighting bolt) 따위는 안 통해!"

블랙빈은 자신만만하게 소리치며 지면을 박차고 뛰어올랐다. 허리를 활처럼 휘고 낙하하는 힘을 더해 두 자루의 망치를 동시에 내리찍을 기세다.

'역동적이군.'

제온은 고개를 들어 블랙빈을 바라보았다. 동시에 두 남자 사이에 휘감기는 전류 덩어리가 뭉치기 시작했다.

"큭!"

블랙빈은 한순간에 생성된 푸른 구체가 자신을 향해 날아오는 것을 노려보았다. 일단 공중에 뛰어올랐기 때문에 피할 수가 없었다. 방법은 단 하나였다. 처음 계획과 마찬가지로 가지고 있는 모든 힘을 쏟아부어 망치를 휘두르는 것.

"죽어라아아아아!"

블랙빈은 함성을 지르며 날아오는 뇌전 덩어리를 향해 망치를 내리찍었다. 그러자 눈부신 섬광이 사방으로 튀며 귀를 찢는 굉음이 터졌다.

그것은 천둥소리였다.

인간은 눈앞에서 터지는 천둥소리에 본능적으로 반응한다. 허겁지겁 도망치던 용병들의 입에서 신음과 비명이 터졌다. 이를 악물고 지켜보던 렌파 역시 가슴이 철렁 내려앉는 것을 막을 수 없었다.

그러나 정작 제온이 만든 볼 라이트닝도, 그것을 망치로 내려친 블랙빈도 아직까지는 무사했다.

"우와아아아아아악!"

블랙빈은 비명 섞인 함성을 지르며 공중으로 밀려나고 있었다. 물론 그를 밀어내고 있는 것은 조금도 기세를 잃지 않은 볼 라이트닝이었다.

똑같은 볼 라이트닝이었지만 처음 회색망토단을 향해 수십 가닥의 전류를 뿜어낸 다음 소멸한 것과는 효과가 달랐다. 블랙빈은 순식간에 소멸하는 자신의 역장에 끊임없이 마력을 퍼부었다.

하지만 역부족이었다.

볼 라이트닝이 블랙빈을 공중으로 10미터쯤 밀어 올렸을 때, 제온은 치켜든 고개를 밑으로 내리며 오른손 주먹을 움켜쥐었다.

그러자 볼 라이트닝이 폭발했다.

그것은 번개로 만들어진 폭죽이었다. 뇌성이 하늘을 진동시켰고, 블랙빈의 비명은 거기에 묻혀 누구의 귀에도 닿지 못했다.

그리고 1초 후,

육중한 남자의 몸이 지면을 향해 추락했다. 쿵 소리가 나지 않은 것은 누군가 지면에 충격을 흡수하는 마법을 발동시켰기 때문이다.

"실력이 아주 좋군요."

제온은 뒤쪽에 서 있던 여신관을 바라보았다. 블랙빈과 마찬가지로 이급 집행관이자 렌파의 직속 부하인 클로시아가 가쁜 숨을 몰아쉬며 대답했다.

"가, 감사합니다!"

"크악! 감사는 얼어 죽을!"

그러자 죽은 줄 알았던 블랙빈이 꿱 하는 괴성을 지르며 몸을 일으켰다. 제온은 그의 몸에 남아 있는 투명한 역장을 바라보며 말했다.

"타인에게 포스 필드를 걸어주는 건 쉽지 않은 기술이죠.

렌파의 부하 중에 방어 마법의 전문가가 있다고 들었는데, 당신이 바로 클로시아인가 보군요."

"네, 제가 바로 클로시아입니다!"

클로시아는 감격한 표정으로 손을 번쩍 들었다. 하지만 곧바로 침울한 얼굴로 한숨을 내쉬며 말했다.

"하지만 딱 한 번 막았을 뿐인데 마력의 소모가 엄청났어요. 그리고 제온님, 전 정말 당신과 싸우기 싫은데……."

"싸우기 싫으면 도망치면 됩니다."

"네?"

"전 온 세계를 적으로 돌릴 예정이기 때문에 도망치는 사람을 쫓아가서 죽일 정도로 한가하지 않습니다."

제온은 별다른 감흥도 없이 그렇게 말했다. 클로시아는 눈을 꾹 감으며 괴로운 표정으로 중얼거렸다.

"왜… 왜 하필 제물로 프로나님이 선택되어서……."

"아내에 대해 알고 있습니까?"

제온은 약간 풀어진 얼굴로 물었다. 클로시아는 울먹거리며 고개를 끄덕였다.

"당연하죠. 물론 가장 좋아한 건 제온님이지만… 다른 나인제로 몬스터즈의 영웅들도 모두 좋아했어요. 물론 프로나님은 나인제로 몬스터즈는 아니지만 그래도 프로나님이 없었다면 나인제로 몬스터즈 자체가 뭉치는 일도 없었겠죠."

전쟁 후에 있던 수많은 기념행사와 인터뷰를 통해 제온과 친구들에 대한 이야기는 온 대륙의 대중에게 널리 알려진 상태였다. 제온은 그리운 표정으로 잠시 과거의 장면들을 떠올렸다. 그리고 웃으며 말했다.

"클로시아, 집행관으로서의 당신의 입장에 대해 잘 알고 있습니다. 절대로 교단의 적을 눈앞에 두고 도망칠 수는 없죠."

"그렇다면……."

"당신만큼은… 가능한 고통스럽지 않게 죽이겠습니다."

일말의 희망에 밝아지려던 클로시아의 표정이 삽시간에 무너졌다. 그러자 수련 집행관들과 함께 뒤쪽에 있던 렌파가 앞으로 나서며 말했다.

"블랙빈, 클로시아, 태세를 바로잡으세요. 적이 아무리 강해도 우린 최후의 최후까지 맡은 임무에 충실해야 합니다."

"이제야 대장님이 나오시는군요."

제온이 웃으며 말했다. 렌파는 손에 쥔 짧은 스틱에 마력을 쏟아부으며 제온을 노려보았다.

"제온, 당신은 이미 돌이킬 수 없는 강을 건넜습니다."

"돌이킬 수 없는 강을 건넌 건 제가 아니라 워터 드래곤입니다."

"단 한 사람의 희생으로 레스톤 왕국의 백성 수십만 명이 살아남았습니다."

"수십만이든 수백만이든 내 알 바 아니죠."

제온은 고개를 저으며 말했다.

"프로나의 죽음이 뭘 의미하는지 당신들은 영원히 알 수 없을 겁니다. 그러니까 쓸데없는 말은 하지 말고."

"고통스러운 건 이해합니다만, 세상의 섭리는 인간이 모든 고통을 잊을 수 있도록 시간이라는 힘을 주셨습니다."

"웃기지 마! 날 만든 건 세상의 섭리 따위가 아니야!"

제온은 소리쳤다.

"그러니까 너희들은 모른다고! '제대로 만들어진' 너희들은 영원히 몰라! 그러니까 나한테 더 이상 아무 말도 하지 마!"

그리고 침묵이 이어졌다. 렌파는 제온이 무슨 말을 하는지 이해할 수 없었지만; 당장은 블랙빈과 클로시아가 기력을 회복할 시간을 벌기 위해 무슨 말이라도 해야 했다.

"온 세상이 당신을 영웅으로 추앙했습니다. 그 목소리가 바닥으로 떨어지는 것을 참을 수 있겠습니까?"

"그런 건… 아무래도 상관없습니다."

제온은 흥분한 마음을 애써 가라앉혔다. 렌파는 블랙빈이 충격에서 벗어나 몸을 풀고 클로시아가 새로운 역장을 준비하는 것을 느끼며 물었다.

"온 세상을 상대로 승리할 수 있을 것 같습니까?"

"전 딱 한 마리만 잡으면 됩니다."

"한 마리?"

"워터 드래곤 한 마리만 죽이면 제가 할 일은 모두 끝입니다."

그 순간 모든 신관들이 분노와 경악으로 눈을 부릅떴다.

"그야말로 이단이 할 만한 발언이군."

그때, 평범한 개척자의 옷을 입고 있는 금발의 남자가 걸어오며 말했다. 렌파가 남자를 돌아보며 소리쳤다.

"대집행관님! 어째서……!"

"렌파, 미안하지만 자네의 작전은 취소야."

남자의 정체는 신수교단의 대집행관인 체리오트였다. 그는 렌파의 옆에 멈추며 제온을 노려보았다.

"내가 무슨 성안의 공주님도 아니고 자네들이 여기서 전멸당하는 꼴을 끝까지 지켜볼 수가 있어야지."

"대집행관님……."

렌파는 입술을 깨물었다. 그의 작전에 있어 체리오트는 말 그대로 최후의 조커 같은 것이었다.

일단 렌파 자신을 포함한, 가지고 있는 모든 수단을 동원해 제온을 공격한다. 물론 거기서 끝나면 좋을 것이다. 하지만 진정한 목표는 제온이 가진 마력과 체력을 최대한으로 소모시키는 것이었다.

그렇게 되면 자신들이 모두 쓰러져도 상관없었다. 베오르그를 손에 넣기 위해 기념신전에 도착한 제온은 그곳에서 기다리고 있는 체리오트를 지친 몸으로 상대해야 하는 것이다.

체리오트는 손에 낀 반지를 만지며 말했다.

"물론 내게 맞추는 건 힘들겠지. 하지만 렌파, 섭리를 따르는 자들은 언제나 협력하여 선을 이뤄야 한다네."

"명에… 따르겠습니다, 대집행관님."

이미 상황이 이렇게 된 이상 어쩔 수가 없었다. 렌파는 고개를 끄덕이며 살아남은 신관들에게 수신호를 보냈다.

모두 뒤쪽으로 물러나라.

그것이 렌파의 수신호가 뜻하는 말이었다. 곧바로 지상에 있던 신관은 물론 공중에 떠 있던 신관들 역시 모두 렌파가서 있는 곳의 후방으로 물러났다.

제온은 체리오트를 보며 말했다.

"대집행관이라……. 저 하나 잡으려고 어마어마한 거물이 오셨군요."

"난 세상의 섭리를 따르는 망치에 불과하네. 튀어나온 못이 없으면 아무것도 아니지."

체리오트는 오른손을 들며 말했다. 하얀 손가락에 낀 검은 반지가 눈에 들어왔다.

이 녀석은 위험하다.

제온은 자신의 육체가 본능적으로 경고의 신호를 보내는 것을 느꼈다. 정확히 어떻게 위험한지는 알 수 없었다. 대집행관은 실제로 움직이는 경우가 극히 드물기 때문에 알려진 정보가 거의 없었다. 그저 자신이 알아낸 한정적인 정보 안에서 상대의 정체와 능력을 추리할 뿐이다.

'네 명의 대집행관 중에 반지 형태의 성법기를 다루는 자는⋯ 두 명이야. 알레온과 체리오트. 하지만 알레온은 50대라고 알려져 있으니⋯⋯.'

문제는 모든 대집행관 중에서도 가장 베일에 가려져 있는 것이 바로 체리오트라는 사실이다. 오직 빛의 초신수인 라시드의 힘이 담겨 있는 성법기를 다룬다는 것이 알려진 정보의 전부였다.

제온은 몇 번이나 반복해서 상대의 능력을 감지했다.

'성법기에서는 심상치 않은 힘이 느껴진다. 하지만 정작 몸에서 느껴지는 마력은 약해. 어째서? 대집행관인 이상 절대로 만만치 않은 상대일 텐데⋯⋯.'

"이야기를 들어보니 상대의 역량을 감지하는 능력은 자네가 대륙에서 최고라고 하더군."

체리오트는 주먹을 쥐고 반지를 정면으로 내밀어 보였다.

"그렇다면 지금 무척 혼란스러울 거야. '어째서 저런 별 볼

일 없는 녀석이 대집행관이 된 거지? 저런 자가 과연 최고의
성법기를 다룰 수 있을까? 무언가 잘못된 게 아닐까? 하고
말이야."

"…아무래도 독심술을 가지신 모양이군요."

제온은 웃으며 대답했다. 동시에 그의 감각은 상대가 내밀
고 있는 반지에 집중되어 있었다.

'분명 주인의 역량과는 상관없이 강력한 힘을 발휘하는 성
법기도 존재한다. 물론 정보는 없어. 하지만 누가 뭐래도 저
건 초신수의 성법기다. 빛의 힘이란 어떤 거지? 상대의 눈을
멀게 하는 광선을 쏘는 건가? 그래서 주위의 부하들을 뒤로
뺀 건가?'

"하지만 상관없네. 나도 내가 대집행관이 되었다는 사실을
좀처럼 믿지 못했으니까. 어째서 세상의 섭리께서 나 같은 나
약한 자를 선택했을까… 아직도 풀리지 않는 미스터리지. 그
럼 렌파."

"네, 집행관님."

"시작하지."

"알겠습니다."

렌파는 고개를 끄덕이며 손에 쥔 스틱을 내밀었다.

그러자 온 세상에 붉게 물들었다.

'불?'

제온은 마치 온 세상이 화염에 휩싸인 듯한 착각을 느꼈다. 지극히 짧은 순간에 너무도 거대한 화염의 폭풍이 눈에 보이는 모든 세계를 새빨갛게 물들였다.

순식간에 쏟아지는 화염.

인시너레이트(Incinerate).

과연 '소각' 이라는 별명이 어울리는 압도적인 규모의 화염이었다.

정확한 명칭은 화염계 7등급 마법인 파이어 룸(Fire room)이지만, 손에 쥔 성법기가 마법의 위력을 증폭시켜 준 덕분에 웬만한 8등급 마법에 필적하는 위력을 보여주고 있었다.

'하지만 예상 안의 위력이야.'

제온의 눈이 붉은색을 감지한 순간 그의 몸을 감싸고 있던 역장에 푸른 전기가 맴돌았다. 겉으로 보기엔 미세한 변화였지만, 그 변화가 세상을 뒤덮은 화염으로부터 제온의 몸을 완벽하게 보호해 주었다.

일렉트릭 필드(Electric field).

이것이 바로 3차 마도대전 당시 제온이 수많은 전투를 치르면서도 끝끝내 버텨낼 수 있던 원인이다.

"큭."

렌파는 진땀을 흘리며 성법기에 끊임없이 마력을 부어넣었다. 제온을 중심으로 반경 20여 미터를 휘감은 화염은 도무지 꺼질 기미를 보이지 않았다.

뒤쪽으로 물러나 있던 신관들의 입에서 감탄의 소리가 새어 나왔다. 하지만 정작 렌파 자신은 좌절감을 느끼는 중이다.

'조금은 통하지 않을까 생각했는데⋯⋯.'

화염 안쪽에서 느껴지는 제온의 마력은 조금도 변함이 없었다.

물론 조사를 통해 알고 있었다. 제온의 방어 마법이 모든 면에서 최강이라는 것을. 하지만 렌파 역시 자신의 마법에 대해 자부심이 있었기 때문에 심리적으로 흔들리는 것을 막을 수 없었다.

'하지만 상관없어. 내 역할은 어디까지나 보조일 뿐.'

마력의 한계를 느낀 렌파는 숨을 크게 들이마시며 왼팔을 옆으로 뻗었다.

동시에 작열하던 화염이 걷혔다.

'끝인가?'

제온은 괴로운 표정으로 왼팔을 옆으로 뻗은 렌파의 모습을 확인했다. 그것은 또 다른 수신호였지만, 당장 무엇을 의미하는지는 알 수 없었다.

'체리오트는?'

그는 여전히 자신을 향해 반지를 내밀고 있었다.

그런데 무언가 변화가 있었다.

렌파가 화염을 뿜어내기 전과 후로 체리오트의 모습에서 단 한 가지가 바뀌어 있었다.

'뭐지? 뭐가 바뀐 거지?'

그것을 알아낼 때까지 약 1초의 시간이 필요했다.

검은색이던 반지가 하얀색으로 변해 있다.

그리고 1초가 2초로 넘어가려는 순간, 제온은 거의 반사적으로 몸을 옆으로 틀었다.

아주 잠깐 눈이 부셨고, 소리는 거의 들리지 않았다.

치직 하는 살이 타는 듯한 소리였다.

그리고 무언가 뜨거운 것이 오른팔의 이두박근 부근을 관통했다. 구멍의 크기는 새끼손가락이 들어갈 정도였다.

"이건……."

얼마나 순식간에 뚫렸는지 처음엔 통증조차 느낄 수 없었다. 피가 쏟아져 나왔고, 제온은 급히 상처 부위를 손으로 움켜쥐었다.

"비껴났군. 심장을 노렸는데 말이야."

체리오트는 아쉬운 듯 눈살을 찌푸렸다. 한순간 하얗게 보이던 그의 반지는 다시 검은색으로 돌아와 있었다.

'열선(熱線)이다. 초고온으로 압축된 열선이 순간적으로 역장을 관통한 거야.'

"그래도 '라시드의 눈'이 그대의 역장을 뚫을 수 있는 건 알아냈군."

제온은 쓴웃음을 지으며 대답했다.

"그러게 말입니다. 칠흑의 마왕조차도 뚫지 못한 건데 말이죠."

"가소롭군! 그런 어둠의 종자를 이끄는 하찮은 마물과 감히 세상의 섭리의 힘을 비교하는 건가?"

"그 하찮은 마물이 수십만 명의 인간을 학살하고 있을 때 세상의 섭리의 힘을 가진 당신은 어디서 뭐하고 있었습니까?"

"뭐… 라고?"

노기를 띠던 체리오트의 얼굴이 한순간 당황으로 무너졌다. 그리고 그런 반응을 보인다는 것만으로도 제온의 입장에서 체리오트는 비교적 괜찮은 부류에 속하는 신관이었다.

'하지만 지금은 그런 게 문제가 아니야.'

문제는 아직도 정확히 상대가 사용하는 마법의 정체를 파악하지 못했다는 것이다. 체리오트는 당황한 표정을 급하게 수습하며 말했다.

"그대에겐 분명 그것을 물을 권리가 있지. 하지만 그대가 세상의 섭리를 저버리고 이단이 된 순간… 그대가 가진 모든 권리는 사라졌다는 걸 명심하게."

그리고 동시에 세상이 약간 더 밝아졌다. 제온은 체리오트
가 앞으로 내민 반지에서 빛이 뻗어 나오는 걸 볼 수 있었다.

'하지만 이 빛은……..'

약했다.

무엇보다 태양이 중천에 떠 있는 상황이다. 체리오트의 반
지는 마치 대낮에 촛불을 켠 것과 같은 느낌이다. 그것으로
인해 제온의 역장이 받는 저항은 거의 없다고 해도 과언이 아
니었다.

그런데 그 순간, 제온을 포함해 주변 전체를 비추던 반지의
빛이 점점 좁아지기 시작했다.

그리고 제온은 그것이 무엇을 의미하는지 이해하기도 전
에 옆으로 몸을 던졌다.

"어딜!"

체리오트가 깜짝 놀라며 제온이 몸을 날린 방향으로 반지
를 돌렸다. 순식간에 한 점으로 좁아진 빛의 줄기가 반지를
따라 함께 움직였고, 파직 하는 소리가 바닥에 몸을 날린 제
온의 고막을 울렸다.

"……."

제온은 역장의 반탄력으로 튕겨나듯 몸을 일으킨 다음 부
릅뜬 눈으로 바닥을 노려보았다. 돌로 만들어진 공원의 산책
로에 비스듬한 각도로 손가락이 들어갈 만한 크기의 구멍이

뚫려 있다.

검게 탄 구멍의 주위에는 아직도 하얀 연기가 솟아오르고 있었다.

동시에 제온은 체리오트가 사용한 기술의 정체를 파악했다.

'빛을 한 점에 모았다.'

그것이 전부였다.

그렇게 한 점에 모인 빛이 제온의 역장을 관통한 것이다.

'과연 초신수의 성법기. 막강하군.'

제온은 솔직하게 감탄했다. 그리고 또다시 세상이 약간 더 밝아진 순간, 제온은 즉시 마력을 소모해 볼 라이트닝을 만들어 발사했다.

"이런!"

체리오트는 즉시 반지에서 뻗어 나오는 빛을 거두고 새로운 역장으로 자신의 몸을 감쌌다. 그것은 평범한 투명한 역장과는 달리 하얀 빛으로 가득 찬 빛의 역장이었다.

'역시 성법기에 의지하는 마법사라면 동시에 두 가지 마법은 쓸 수 없어.'

볼 라이트닝은 상대의 역장을 뚫기 위해 미친 듯이 요동치고 있었다. 하지만 체리오트의 반지는 초신수의 성법기답게 방어 마법도 강력했다. 제온은 오른팔을 뒤로 당기며 새로운 마법을 준비했다.

'하지만 난 얼마든지 가능하지.'

오른팔의 상처에서 새로운 핏물이 왈칵 쏟아져 나왔다. 통증이 엄청났다. 집중하기 위해서는 신체의 통증을 전달하는 신경망을 인위적으로 차단하는 수밖에 없었다.

―집중해라. 넌 무기다. 무기는 사지가 뽑혀 나간 상황에서도 마법을 쓸 수 있어야 해.

그들은 그렇게 말하며 제온을 훈련시켰다. 하지만 사지가 달려 있는 무기는 없었다. 그래서 제온은 스스로의 신경을 컨트롤하는 능력을 키워야 했다.

그렇게 하지 못하면 죽을 수밖에 없기 때문에.

"잠깐! 저건 라이트닝 캐논(Lighting cannon)이에요! 칠흑의 마왕을 물리친 최강의 마법이라구요!"

뒤쪽에 물러나 있던 클로시아가 하얗게 질린 얼굴로 소리쳤다. 빛의 역장으로 볼 라이트닝을 완벽하게 막아낸 체리오트는 눈을 가늘게 뜨며 자신의 반지에 입을 맞췄다.

"세상의 섭리 안에서 전 그 누구보다도 안전합니다."

"과연 그럴까요?"

제온의 입가에 미소가 번졌다. 마력이 집중될수록 몸 주변의 전류가 끓어 넘치듯 일렁거렸다.

"잠깐, 이건 너무……."

지켜보던 렌파의 목에 식은땀이 흘러내린다.

모두들 저 기술이 무엇인지 알고 있었다. 아마도 단일 마법으로는 세계에서 가장 유명한 마법일 것이다. 제온이 나타나기 전까지는 존재하지도 않았으며, 그것이 세상에 드러난 순간 제3차 마도대전이 종결되었다.

문제는 신관들 중 아무도 그 마법을 실제로 본 사람이 없다는 것이다. 렌파는 자신의 판단이 잘못되었다는 것을 깨달았다.

제온과 대집행관의 힘은 동격이다.

그렇기 때문에 제온의 힘을 줄여놓으면 대집행관의 역량으로 충분히 상대할 수 있을 것이다.

그것이 착각이었다.

"모두 앞을 막아! 대집행관님을 지켜야 한다!"

렌파는 소리를 지르며 체리오트의 정면을 가로막았다. 다른 집행관들도 자신의 역장을 최대치로 높이며 제온과 체리오트 사이로 몸을 날렸다.

정확히는 날리려고 하는 순간, 제온이 당긴 오른팔을 앞으로 내밀었다.

그리고 압축된 수백 가닥의 전류가 한순간에 쏟아져 나왔다. 그것은 말 그대로 벼락이었다. 보통 벼락은 하늘에서 땅으로 떨어지지만, 이번에는 제온의 오른손으로부터 체리오트의 몸을 감싼 역장을 향해 수평으로 방출되었다.

세상이 쪼개지는 것 같은 소리가 들렸다.

대부분의 신관들은 그것이 정확히 어떻게 생겼는지 볼 수도 없었다. 몸을 날린 집행관들은 그것의 곁가지에 스친 것만으로도 일순간 역장이 붕괴되었고, 날아오던 것보다 몇 배는 빠르게 날아온 방향으로 튕겨 나갔다.

"크… 윽……."

튕겨 날아간 것은 렌파도 마찬가지였다. 그는 원래 서 있던 자리에서 오른쪽으로 10미터쯤 떨어진 풀숲에 처박혔다.

"대체… 뭐가 어떻게……."

자신이 어떻게 여기까지 튕겨났는지 기억도 나지 않았다. 고막을 다쳤는지 소리도 들리지 않았다. 세상이 붕 뜬 것처럼 뿌옇고 어지러웠다.

그리고 왼팔의 감각이 없었다. 렌파는 그제야 자신의 왼팔을 바라보았다. 그것은 한때 그의 왼팔이었지만, 지금은 까맣게 타버린 앙상한 나뭇가지 같은 모양을 하고 있었다.

"……."

몸을 꿈틀거리자 그 타버린 나뭇가지가 바스러지며 공기 중으로 흩어져 버렸다. 그의 왼팔은 어깨 뿌리까지 날아가 버렸다. 자신은 분명 양팔을 쫙 펼친 채 체리오트의 정면을 막아섰다고 생각했지만, 실제로는 오른쪽으로 약간 비껴났던 모양이다.

"대집행관님……."

렌파는 떨리는 목소리로 중얼거리며 고개를 돌렸다. 체리오트가 서 있던 자리에 검게 타버린 무언가가 몸을 웅크리고 있는 것이 보였다.

렌파는 가슴이 철렁 내려앉았다. 이제는 사라진 자신의 왼팔처럼 검게 탄 체리오트도 먼지처럼 흩어져 버릴 것만 같았다.

"흐윽… 헤윽……."

하지만 꿈틀거리는 체리오트는 사라지지 않았다. 그는 죽어가는 짐승 같은 소리를 내며 그 자리에 무릎을 꿇었다.

'아직 살아 계신다!'

렌파의 머릿속에 한줄기의 서광이 비쳤다. 그는 빠르게 주위를 둘러보았다. 몸놀림이 재빠른 수련 집행관들은 대부분 숯더미가 되어 있었다. 직속 부하인 블랙빈은 근처 나무에 처박혀 있었는데, 라이트인 캐논의 중심부에 닿지 않은 듯 사지는 멀쩡해 보였다.

'클로시아는?'

렌파는 또 다른 부하를 찾아 고개를 돌렸다. 놀랍게도 클로시아는 털끝 하나 다치지 않은 채 무사했다. 그녀는 직접 몸을 날리는 대신 원거리에서 역장을 만들어줬던 것이다.

"놀랍군요. 거의 전력이었는데."

제온은 약간 비틀거리며 걸음을 옮겼다. 클로시아는 마력이 거의 고갈된 듯 눈 밑이 퀭해 가쁜 숨을 몰아쉬고 있었다.

"클로시아! 대집행관님을 지키세요!"

렌파는 엄청난 충격으로 마비된 몸을 가까스로 움직이며 소리쳤다. 반쯤 정신이 나가 있던 클로시아는 그의 외침에 깜짝 놀라며 체리오트의 앞을 막아섰다.

"클로시아."

제온은 금색 머리카락의 여신관을 바라보며 말했다.

"저에 대해 많이 연구한 모양이군요."

"연구라기보다는 그냥 좋아해서……."

"네?"

"아, 아니에요. 전 그냥 3차 마도대전에 관심이 많아서… 전후에 여러 가지로 조사도 하고 이야기도 나누고 그랬거든요."

"이야기라면?"

"시간이 날 때마다 매직 아카데미에 들러서 학장님과 대화를 나눴어요."

"샤리 말이군요."

제온은 그제야 약간 이해가 간다는 듯 고개를 끄덕였다. 샤리는 그와 같은 나인제로 몬스터즈의 일원으로 뿔뿔이 흩어진 다른 친구들과는 달리 홀로 매직 아카데미에 남아 학교의 학장직을 맡아보고 있었다.

"그때 학장님으로부터 제온님에 대한 이야기를 많이 들었어요. 그래서 방금 라이트닝 캐논도……."

클로시아는 기력이 달리는지 말끝을 흐리며 고개를 숙였다. 블랙빈이 사지 무사히 나무에 처박히는 것으로 끝난 것도, 렌파가 왼팔만 잃은 채 목숨을 건진 것도, 체리오트가 숯더미가 되지 않고 아슬아슬하게 목숨을 부지하고 있는 것도 모두 그녀가 아슬아슬한 순간에 추가로 역장을 쳐주었기 때문이다.

"굉장한 재능이군요. 적어도 방어 마법에 대한 감각만큼은 아크메이지 급입니다."

제온은 솔직한 감상을 털어놓았다. 클로시아는 샤리에게 들은 정보만을 가지고 어떻게든 라이트닝 캐논의 위력을 반감시킬 수 있는 가장 효과적인 방어법을 개발한 것이다.

'포스 필드를 얇지만 여러 겹으로 펼쳤다. 거기에 몸 전체를 감싸는 게 아니라 방패처럼 만들어서 정면만 막았어.'

하지만 그럼에도 불구하고 정면을 가로막은 렌파는 꼼짝없이 죽을 상황이었다. 제온은 잠시 생각한 다음 고개를 끄덕이며 말했다.

"역장을 일부러 비스듬하게 만들었군요? 몸이 힘에 밀려 튕겨날 수 있도록?"

"그거밖에는 렌파님을 구할 방법이……."

클로시아는 기어들어 가는 목소리로 중얼거리며 그 자리에 털썩 주저앉았다. 제온은 그녀에게 감탄하지 않을 수 없었다. 지금껏 마법에 관해 수많은 천재들을 만나왔지만, 이런 독특한 재능을 가진 방어 마법 전문 마법사는 처음이었다.

하지만 그래도 죽여야 했다.

"클로시아, 나이가 몇인가요?"

"스물다섯…‥…"

"저보다 한 살 어리군요. 당신이 신관이 아니라 아카데미에 들어왔다면… 우린 좋은 친구가 될 수 있었을 겁니다."

그것은 제온이 그녀에게 해줄 수 있는 마지막 배려였다. 지금 클로시아에겐 1등급의 마법조차 막아낼 마력이 남아 있지 않았다.

―이제 겨우 내 얼굴을 봐주네.

그 순간, 프로나가 처음 웃었던 모습이 머릿속에 떠올랐다.

─나도 네가 좋아. 하지만 넌 좀 더 많은 사람을 좋아했으면 좋겠어.

그녀가 그렇게 말했기 때문에 제온은 다른 친구들을 사귀기 시작했다.

─그런 일을 겪었으니까 사람을 싫어하는 것도 당연해. 하지만 그래도 좋아하려고 노력해 봐. 행복해지려면 한 명이라도 더 많은 사람을 좋아해야 해. 날 좋아하는 것처럼. 모두 다 자기만의 개성이 있어. 인간을 좋아한다는 건 그 개성을 좋아한다는 거야.

제온은 눈물이 흐르는 것을 느꼈다. 1년이 지났지만 슬픔은 조금도 희석되지 않고 그 자리에 그대로 남아 있었다.

'난 널 위해서 그렇게 했던 거야.'

그 말을 해주고 싶었다. 좋아한다는 말도 사랑한다는 말도 수도 없이 많이 했지만, 어째서인지 그 말은 한 번도 한 적이 없었다.

"제온! 그만두십시오!"

가까스로 몸을 일으킨 렌파가 비틀거리며 다가오기 시작했다. 제온은 고통스럽게 죽이지 않겠다는 약속을 지키기 위해 주저앉은 클로시아의 뒷목에 손을 겨눴다.

"고통은 잠깐일 겁니다. 여기서부터 온몸의 신경이 척추를 따라 이어지거든요."

"저런, 그 여자가 그런 건 안 가르쳐 줬나 봐?"

그 순간 누군가가 웃으며 말했다.

동시에 그림자처럼 검게 물든 수십 개의 칼이 제온을 향해 날아왔다. 제온은 반사적으로 역장을 강화하며 몸을 뒤로 날렸다.

'이건?'

칼 하나가 역장에 충돌할 때마다 여분의 힘이 역장 안쪽으로 전달하며 제온의 몸을 가격했다. 치명적인 건 아니었지만, 그래도 한 방 한 방이 주먹으로 얻어맞는 것처럼 아팠다.

"여자한테는 좀 더 로맨틱하게 말하라고 말이야."

어느새 먹구름이 하늘을 가린 가운데 한 여자가 공중에 뜬 채로 제온을 내려다보고 있었다. 모래투성이인 개척자의 도시와는 전혀 어울리지 않게 그녀는 가슴이 깊게 파인 화려한 검은 드레스로 몸을 감싸고 있었다.

"퀸, 대체 어째서……."

제온은 경악한 눈으로 그녀를 노려보았다.

그녀는 자신이 만들어낸 수십 자루의 칼처럼 새까만 머리카락에 핏줄이 그대로 비칠 만큼 하얗고 투명한 피부를 가지고 있었다.

"이름으로 부르라고 했잖아, 제온. 자기는 세상의 모든 인간 중에 유일하게 내 이름을 독차지한 남자라고."

그녀의 피처럼 붉은 입술에는 남자들의 심장을 요동치게 만드는 음란함이 깃들어 있었다. 제온은 순간적으로 정신이 아찔해지는 것을 느꼈다. 그녀의 갑작스런 등장도 혼란스러웠지만, 그보다도 관통당한 오른팔의 상처에서 피가 너무 많이 새어 나온 것이 문제였다.

"저런, 많이 다쳤나 보네? 내겐 한 모금도 주지 않았으면서 그 아까운 피를 그렇게 마음대로 흐르게 놔둘 셈이야?"

여자는 갈증이 나는 표정으로 자신의 입술을 핥았다. 하지만 걱정하는 듯한 발언과는 달리 그녀는 또다시 새로운 그림자의 칼을 만들어 제온을 향해 흩뿌렸다.

"리비스! 대체 뭐하는 짓이야!"

제온은 칼을 피해 뒤로 도망쳤다. 여자는 행복한 표정으로 눈웃음치며 대답했다.

"후후후, 뭐하기는, 자기를 괴롭히고 있지."

"리비스!"

"내가 마지막으로 말했잖아! 자기가 가장 고통스러울 때 나타나서 자길 괴롭히겠다고."

리비스는 하늘거리는 검은 드레스를 휘날리며 제온을 쫓

왔다. 제온은 그녀의 손에 빛이 나는 칼 한 자루가 쥐어져 있는 것을 발견했지만, 당장은 그것을 확인할 겨를이 없이 도망치는 데 전력을 다해야 했다.

'왜 하필이면 이런 순간에……'

제온은 통증이 점점 심해지는 것을 느끼며 입술을 깨물었다. 행복한 듯 웃으며 자신을 추격하는 그녀에게는 여러 가지 이름이 있었지만, 그중에서도 가장 널리 알려진 것은 그녀의 정체성을 가장 확실하게 나타내는 것이었다.

뱀파이어 퀸 리비스.

그녀야말로 어둠을 이끄는 마족 뱀파이어를 다스리는 단 한 명의 여왕이었다.

3장

모래로 쌓은 성

　마요르를 탈출한 제온은 인적이 없는 서북쪽의 황무지를 향해 도망쳤다. 하지만 리비스는 그런 제온을 일정한 간격으로 쫓으며 결코 놓아주지 않았다.

　"자기는 모든 면에서 최고지만, 딱 하나 아쉬운 게 '이동 마법' 만큼은 일류가 아니거든?"

　"그만 도망치고 반격하는 게 어때? 난 자기가 발버둥치는 걸 보고 싶어."

　"자기 피 냄새는 10km 밖에서도 날 흥분시켜. 도망칠 수 있을 것 같아?"

리비스는 끊임없이 제온을 도발하며 쫓아왔다. 그녀는 명백히 즐기고 있었고, 제온은 점점 더 초조해졌다.

'이대로 폐허에 들어갈 수는 없어.'

멀리 황무지에 신기루처럼 아른거리는 폐허가 보였다. 레비테이션 마법으로 저공으로 비행하고 있던 제온은 마법을 멈추고 지면에 착지했다.

뭐가 어떻게 되었든 간에 여기서 결판을 내야만 했다.

"퀸, 정말로 나와 끝장을 보고 싶어?"

제온은 하늘에 떠 있는 뱀파이어의 여왕을 노려보았다. 그녀는 가늘게 눈웃음을 치며 대답했다.

"리비스라고 부르라니까! 이젠 질투심 많은 그 여자도 없으니까, 부디 다정하게 내 이름을 불러주면 좋겠어."

"미안하지만 프로나는 널 질투한 적 없어. 애초에 우린 아무 사이도 아니었잖아?"

"아쉽지만 그렇지. 그런데 누가 날 질투했대?"

"뭐?"

"그 여자가 질투한 건 바로 너야, 제온."

리비스는 아쉬운 듯 고개를 저으며 말했다.

"그 여자는 너의 안쪽에 있는 냉혹함을 질투한 거야. 눈 하나 깜짝하지 않고 인간을 찢어 죽일 수 있는 너의 본성이 부러워서 그것을 없애기 위해 억지로 네게 인간다움을 심어준 거라고."

"무슨 헛소리야! 날 인간으로 만들어준 게 프로나라고!"

"나도 알아. 그래서 네 완벽한 아름다움에 상처가 생겨 버렸어. 하지만 난 그래서 더 마음에 들어. 원래 짐승은 상처를 입었을 때 더 강해지거든."

리비스는 달콤한 표정으로 미소를 지었다. 제온은 마른침을 삼키며 마음속으로 고개를 저었다.

'틀렸어. 저 여자랑 정상적인 대화를 나누는 건 불가능해.'

제온은 그녀와 처음 만났을 때를 떠올렸다. 3차 마도대전이 중반으로 접어들었을 때의 어느 전장에서 그녀는 죽어가는 병사의 목에서 흐르는 피를 빨고 있었다.

"역시 각별해. 방금 전투를 치르고 가까스로 살아남은 인간의 피 맛은."

그리고 제온은 그녀에게 전격 마법을 쏟아부었다. 싸움은 방금 전에 전쟁을 끝낸 제온이 불리했지만, 근처에 있던 또 한 명의 나인제로 몬스터즈인 마그나스가 합류함에 따라 무승부로 끝나게 되었다.

"자기, 인간치고는 꽤나 짜릿한데? 그리고 안쪽에 어둠이 있어. '우리'와 같은 근본적인 어둠이 말이야. 후후후."

그녀는 즐거운 듯 웃으며 전장을 이탈했다. 하지만 바로 다음 날 밤, 피로에 절어 침상에 누운 제온의 숙소에 유령처럼 나타나 모두를 기겁하게 만들었다.

"머릿속에서 자기의 모습이 떠나질 않더라고. 사실 싸우러 온 건 아니야. 하지만 우리 같은 족속들에겐 싸움도 서로를 이해하는 훌륭한 수단이겠지?"

숙소 건물은 물론 반경 수십 미터를 쑥밭으로 만들어놓은 전투가 끝났을 때, 리비스는 상처에 흐르는 피를 핥으며 어둠 속으로 사라졌다.

제온이 전력을 다한다면 리비스에게 결정타를 먹일 수도 있었을 것이다. 하지만 그녀는 언제나 제온이 필사의 전투를 끝낸 직후의 밤에만 찾아왔다.

"아, 오늘도 정말 좋았어. 요즘은 지친 자기를 괴롭히는 맛에 산다니까."

"피를 한 모금만 주면 오늘은 그냥 물러날게. 뭐 그냥 싸우는 것도 좋지만 말이야."

"와! 정말로 죽을 뻔했네? 방금 그거 말이야. 낮에 오거 배틀러들을 싹 쓸어버린 그거 맞지? 라이트닝 캐논?"

"저런, 오늘은 정말로 기운이 없나 보네? 하긴 낮에 2천 마리의 오크를 전기구이로 만들었으니까 그럴 만도 해. 아쉽지만 오늘은 이만 사라져 줄게."

리비스는 그런 식으로 끊임없이 제온을 괴롭혔다. 하지만 가능한 상황에서도 결코 그를 죽이는 법은 없었다. 제온이 반격할 수 없는 상황이 되면 그녀도 더 이상 공격하지 않고 자신에 대한 이야기를 끊임없이 늘어놓기 시작했다.

"불멸은 지루해. 그래서 난 재밌는 일을 찾기 위해 언제나 바쁘게 살고 있어."

"사실 난 여왕이야. 그런데 여왕이 되고 싶어서 된 건 아니고, 내가 만든 아이들이 워낙 강한 덕분에 날 여왕으로 추대해 줬어."

"뱀파이어의 세계는 역동적이야. 인간들은 인간을 배신한 마족이라고 공격하고, 마족들은 변절한 인간일 뿐이라며 공격하거든."

"내가 피를 마신다고 뱀파이어가 되는 게 아니야. 오히려 내 피를 마셔야 뱀파이어가 될 수 있지."

그렇게 전장에서의 몇 개월이 지났을 무렵, 리비스는 더 이상 싸움을 걸지 않고 이야기만 하길 원했다. 그녀는 단순한 계산으로 마족을 이끄는 칠흑의 마왕과 거의 동격의 힘을 가진 존재였기 때문에 제온 역시 긁어 부스럼을 만들지 않기 위해 그녀의 대화에 응해주었다.

그렇게 며칠마다 한 번씩 제온의 숙소에 기묘한 대화의 밤이 시작되었다. 처음에는 둘뿐이었지만 곧 전장에 합류한 프로나가 추가되었고, 근처에 있던 나인제로 몬스터즈도 시간이 날 때마다 이 대화의 장에 끼어들었다.

무엇보다 마족이지만 마족의 군대에 속하지 않았던 그녀는 아무렇지도 않게 적에 대한 정보를 제온과 친구들에게 알려주었다. 그것은 개개인의 능력에 의존할 뿐, 군사적으로 크게 열세이던 유리언 대륙 연합군에게 엄청난 이점으로 작용했다.

그리고 칠흑의 마왕과의 결전이 얼마 남지 않은 그날 밤, 리비스는 제온을 따로 불러내 특별한 제의를 권했다.

"제노슈나와 싸울 때 도와줄게."

"정말이야?"

"대신 전쟁이 끝나면 나랑 같이 알로란으로 가자."

알로란은 마(魔)대륙의 서쪽에 있는 뱀파이어들의 땅이었다. 제온은 그녀가 무슨 말을 하는지 이해하고는 입을 다물었다.

"자기는 근본적으로 달라. 모두들 자기를 인간처럼 대하고 있지만, 난 자기의 안쪽에 있는 진짜 모습을 알고 있어."

"우리가 함께라면 불멸의 시간도 지루하지 않을 거야. 뱀파이어가 되면 자기는 더 이상 진짜 자신을 감출 필요가 없어."

"자기는 인간들 사이에서 편해질 수 없어. 근본이 다르니까. 물론 아무렇지도 않은 척할 수는 있겠지. 하지만 언제까지 그런 흉내를 낼 수 있을까?"

제온이 입을 다문 것은 그녀가 헛소리를 하고 있기 때문이 아니었다. 제온은 리비스가 무슨 소리를 하는지 정확히 이해하고 있었다.

그녀는 자신의 안쪽에 있는 어둠에 발을 집어넣으려 하고 있었다.

어쩌면 그렇게 되는 쪽이 편할지도 모른다.

제온은 프로나의 정성 어린 노력으로 인해 평범한 인간처럼 생각할 수 있게 되었다. 하지만 가끔씩 그런 모든 노력이 불편하고 무겁게 느껴질 때가 있었다.

—힘들어도 노력해야 해. 아무것도 안 하면 편하지만, 편한 것과 행복한 건 달라.

제온은 프로나의 말을 떠올렸다. 그리고 제온이 원하는 건 행복이었다.

그렇기 때문에 제온은 리비스의 프러포즈를 거절했다.

"전쟁이 끝나면 난 프로나와 결혼할 거야."

"진심이야?"

"그래. 이미 약속했어."

"그 여자가 그렇게 좋아? 그냥 자기를 속박하는 하찮은 인간일 뿐인데도?"

"프로나는 언제나 행복에 대해서 말했어."

"뭐?"

"그리고 난 행복해지고 싶어. 그러니까 너랑은 같이 갈 수 없어."

언제나 즐거운 듯 눈웃음치고 있던 리비스도 그 순간만큼은 표정에서 미소가 사라져 있었다.

"천 년 동안 살면서 처음으로 한 고백이었는데……."

리비스는 멍한 눈으로 제온을 바라보았다. 그리고는 아무런 기척도 없이 유령처럼 밤하늘로 날아오르기 시작했다.

"좋아, 맘대로 해. 어디 그 여자와 함께 행복이란 걸 찾아봐. 하지만 절대로 그럴 수 없을걸."

"리비스, 프로나는 건드리지 마."

"안 건드릴 테니까 걱정하지 마. 하지만 자기는 결국 고통을 겪게 될 거야. 그리고……."

리비스는 어둠 속으로 사라지며 웃었다.

"그때 다시 자기를 괴롭혀 줄게. 자기가 가장 고통스러울 때 말이야. 기대해도 좋아. 후후후……."

그것은 여운이 길게 남는 저주였다. 하지만 제온은 이후 친구들과 함께 칠흑의 마왕을 물리쳤고, 대륙의 영웅이 되어 귀환한 다음 프로나와 결혼하여 레스톤 왕국에 안착했다.

저주는 실현되지 않는 듯했다.

하지만 바로 지금 제온은 눈앞에서 웃고 있는 리비스의 말에 대꾸할 수 없었다.

"행복해, 자기? 인간으로서의 삶이 만족스러워?"

"……"

"내가 말했잖아. 인간이든 뱀파이어든 오래 산 사람의 말은 들어야 한다고."

제온은 조용히 몸 안의 마력을 끌어올렸다. 아직 싸울 만큼의 마력은 충분했다. 문제는 출혈이 심해 의식이 흐려지고 있다는 것이다.

"저런, 피를 너무 많이 흘렸나 봐? 뭣하면 내가 좀 나눠 줄까?"

리비스는 조롱과 유혹이 섞인 간드러지는 목소리로 물었다. 제온은 감각이 사라진 오른팔 대신 왼팔을 끌어당기며 리비스를 노려보았다.

"너만 아니었어도… 그 집행관들을 전부 죽일 수 있었어."

"어머, 자기 목표가 집행관을 죽이는 거였어? 그럼 이건 필요 없겠네?"

리비스는 손에 들고 있는 빛나는 칼을 들어 보였다. 제온은 눈을 가늘게 뜨며 말했다.

"그거… 베오르그야?"

"맞아. 자기가 싸우는 동안 내가 몰래 가서 훔쳐왔어. 아니, 몰래는 아닌가? 지키고 있던 신관을 50명쯤 죽였으니까 말이야."

"그런……."

제온은 마법을 쓰는 걸 주저했다. 베오르그는 유명한 성법기지만 등급이 높은 건 아니다. 강력한 마법에 휘말리면 성법기로서의 능력을 잃고 파기될 가능성이 있었다.

'베오르그가 반드시 필요한 건 아니지만… 가지고 있으면 여러 가지로 유용하다. 어떻게 하지?'

"고민하고 있나 봐? 당장 서 있는 것도 힘들어 보이는 주제에? 후후후."

리비스는 즐거운 듯 웃으며 아무 미련 없이 베오르그를 제온의 눈앞으로 떨어뜨렸다.

"자, 가져. 선물이야."

"…무슨 속셈이지?"

"선물을 줄 테니까, 이제 싸우는 건 그만하자고."

"뭐?"

제온은 어이없다는 표정으로 리비스를 바라보았다. 리비스는 자신의 주위에 만들어놓았던 수십 자루의 검은 칼을 그림자 속으로 거두어들이며 말했다.

"원래는 좀 더 싸우면서 괴롭히려고 했는데, 자기 꼴을 보니까 그러다간 죽을 것 같아서."

"리비스……."

"난 자기가 죽는 걸 원치 않아. 살아 있어야 계속 괴로워하는 것도 볼 수 있지. 그러니까 지금은 이쯤 하고……."

그 순간, 역장처럼 투명한 힘의 덩어리가 빠른 속도로 리비스를 향해 날아왔다. 리비스는 깜짝 놀라며 검은 그림자로 자신의 몸을 감쌌고, 마치 천둥이 치는 듯한 무시무시한 소리가 그곳에서 울려 퍼졌다.

"쇼크 볼(Shock ball)? 대체 누가?"

충격에서 벗어난 리비스가 놀란 눈으로 제온의 뒤쪽을 바라보았다. 그곳에는 허름한 망토로 몸을 감싼 작은 소녀가 오른손을 치켜든 채 서 있었다.

"마이! 폐허에서 나오지 말라고 했잖아!"

제온은 부릅뜬 눈으로 소녀를 바라보며 소리쳤다. 소녀는 인형처럼 무표정한 얼굴로 리비스를 노려보며 말했다.

"저 여자, 제온 공격했어. 공격한 사람은 적. 마이는 적을 죽여."

"물러서, 마이! 저 여자는 네 상대가 아냐!"

제온은 급히 소녀의 앞을 가로막았다. 리비스는 호기심 어린 눈으로 두 사람을 바라보았다.

"설마 숨겨놓은 자식은 아닐 테고……. 하지만 느낌이 비슷해. 어디서 그런 아이를 주워 온 거야?"

"네가 알 바 아니야. 싸울 생각 없으면 그만 물러나 주지 않겠어?"

"흐음, 이거 재미있네?"

리비스는 제온의 어깨너머로 보이는 소녀를 향해 빙긋 웃었다.

"그렇구나. 대충 무슨 일인지 알았어. 지난 일 년 동안 자기가 모습을 감췄던 이유도."

"저 여자, 인간 아니야. 아마도 뱀파이어. 마력 강해. 하지만 뱀파이어는 낮에 움직일 수 없어. 어떻게 된 건지 모르겠어."

소녀는 책을 읽는 듯한 말투로 말했다. 리비스는 어깨를 으쓱이며 대답했다.

"물론 햇빛은 치명적이지. 하지만 '어둠의 장막'을 쓰면 낮에도 움직일 수 있단다."

"어둠의 장막. 마이는 그런 마법 몰라. 전투를 통해 정보를 얻고 싶어. 마이는 정보를 모아서……."

"그만해, 마이! 이제 넌 더 이상 그런 걸 모을 필요가 없어!"

소리치는 제온의 표정에 분노의 기색이 역력했다. 리비스는 흥미로운 표정으로 두 사람을 바라보며 말했다.

"어린애한테 소리 지르는 건 좋지 않아, 자기. 그래서 좋은 아빠가 될 수 있겠어?"

"시끄러, 리비스. 더 이상 내 신경을 긁지 마."

"그 표정, 마음에 들어. 사실은 좀 더 괴롭혀 보고 싶지만……."

리비스는 눈웃음을 치며 말을 이었다.

"괜찮은 것 같아. 자긴 내가 괴롭히지 않아도 스스로를 궁지로 모는 길을 선택했으니까. 가만 내버려 둬도 재밌을 것 같아."

"그만 가줘, 리비스. 제발."

제온은 여러 가지 의미로 한계에 달한 상태였다. 리비스가 웃으며 대답했다.

"부탁이라면 들어줘야지. 아무튼 오랜만에 즐거웠어. 앞으로도 종종 찾아올게."

"제발 나타나지 마. 싸워야 할 적이 너무 많아."

"그거야 두고 봐야지."

"리비스……."

"그렇게 노려보지 마. 지금도 계속 괴롭히고 싶은 마음을 꾹꾹 참고 있으니까."

리비스는 자신이 날아온 개척자의 도시 마요르의 방향을 돌아보며 말했다.

"아무튼 마지막으로 하나만 말하면, 체리오트는 함부로 죽이지 않는 편이 좋아."

"체리오트? 어째서?"

"대신관은 초신수에게 선택받은 인간이야. 만약 대신관이 죽게 되면 초신수가 자신의 성법기를 다룰 새로운 인간을 찾기 위해 세상에 모습을 나타낸다고."

그건 신수학을 섭렵한 제온으로서도 처음 듣는 이야기였다. 제온은 마른침을 삼키며 나지막한 목소리로 말했다.

"그게 정말이라면 반드시 대집행관을 죽여야 할 것 같은데?"

"하지만 자기가 노리는 건 아프레온이잖아? 라시드를 불러내는 건 내가 좀 곤란해. 딱히 책임질 생각은 없지만, 내가 이래 봬도 뱀파이어의 여왕이잖아? 라시드의 출현은 우리 뱀파이어에게 치명적으로 작용할 수 있거든."

"그래서 아까 내가 집행관들을 끝장내려는 걸 막은 거야?"

"그런 셈이야. 물론 자기를 괴롭히는 것도 중요했지만. 아무튼 체리오트만큼은 가급적 내버려 뒀으면 좋겠어."

그러자 제온은 눈살을 찌푸리며 대꾸했다.

"하지만 그쪽이 날 내버려 두지 않을 텐데?"

"그건 뭐 그렇겠지. 하지만 자기가 체리오트를 죽이려고 할 때마다 아마도 날 다시 만날 수 있게 될 거야. 내가 바쁘면 내 부하들이 대신 갈지도 모르고."

"이거 놀라운데. 지금 뱀파이어들이 대집행관을 수호한다는 말이야?"

"세상은 원래 놀라운 일로 가득 차 있어. 자기만 모르고 있을 뿐이지."

리비스는 제온에게 윙크를 보낸 다음, 자신의 주위에 펼쳐져 있는 검은색의 역장을 날개 형태로 변환시켰다.

"잘 있어, 자기. 그리고 거기 꼬마 아가씨도."

그리고는 검은 날개로 자신의 몸을 휘감았다. 곧바로 낮은 진동과 함께 고리 모양의 둥근 충격파가 사방으로 퍼져 나왔고, 중심부에 있던 리비스는 삽시간에 모습을 감추며 어딘가로 사라져 버렸다.

"사라졌어. 또 마이가 모르는 마법."

마이는 리비스가 사라진 장소에서 눈을 떼지 못하고 있었다. 제온은 길게 한숨을 내쉬며 몸을 돌려 마이를 바라보았다.

"저건 다크니스 일루전(Darkness illusion)이야. 단거리 순간이동 마법이지."

"살아 있는 건 순간이동할 수 없어."

"나도 알아. 하지만 리비스는 뱀파이어라서 가능해."

"……."

그러자 무표정하던 마이의 눈이 아주 약간 커졌다. 그것은 보통 사람은 거의 알아볼 수 없는 미세한 변화였다.

"뱀파이어는 언데드. 살아 있는 게 아니야. 그래서 순간이동을 할 수 있어."

"이해했구나. 아무튼 무사해서 다행이야."

제온은 마이의 후드를 벗긴 다음 그녀의 하얀 머리카락을 쓰다듬어 주었다.

"아무튼 저 여자는 상대하지 않는 게 좋아. 너무 위험한 존재거든."

"하지만 제온을 공격했어. 마이가 먼저 공격한 게 아니야."

마이는 붉은 피로 범벅이 된 제온의 오른팔을 빤히 바라보았다. 제온은 쓴웃음을 지으며 고개를 저었다.

"이건 저 여자 때문에 난 상처가 아니야. 물론 먼저 날 공격하긴 했지만."

"공격 받았는데도 반격하면 안 되는 거야?"

"그런 건 아니지만, 진심인지 아닌지를 구별해야 한다는 거야. 그리고 상대의 역량도. 절대로 이길 수 없는 상대에겐 덤비지 않는 편이 좋아."

제온은 조심스러운 말투로 말했다. 마이는 표정 없는 얼굴로 제온을 바라보며 대답했다.

"잘 모르겠어. 마이는 싸우고 정보를 얻기 위해 태어났어. 다른 건 이해하기 어려워."

"괜찮아. 천천히 하면 돼."

제온은 입술을 깨물며 마이를 껴안았다. 이제 열두 살쯤 되었을까, 가느다란 몸이 부러질 것 같아서 제온은 그녀를 안은 팔에 힘을 줄 수조차 없었다.

"마이는 제온을 믿어. 제온의 말에 따라."

"그래, 마이. 천천히… 천천히 하면 돼. 원래 어려운 거야. 날 믿어. 언젠간 너도 모두 이해할 수 있게 돼. 왜냐하면……."

제온은 그녀의 새빨간 눈동자를 바라보며 말했다.

"나도 그랬거든, 마이. 나도 너처럼 모든 게 어려웠어."

제온은 눈물이 흐르는 것을 느꼈다. 마이는 기계적인 움직임으로 손을 뻗어 제온의 눈물을 닦아주었다.

"제온, 빨리 상처를 치료하는 게 좋아. 아프면 계속 눈물이 나."

"응. 그래, 알았어."

제온은 고개를 끄덕이며 다시 그녀를 끌어안았다.

대체 언제쯤 이 아이도 평범한 인간처럼 생각할 수 있게 될까?

제온은 마음이 무거웠다. 그에게는 프로나가 있다. 하지만 과연 자신이 그녀와 같은 역할을 해낼 수 있을지는 의문이었다.

제온은 마이를 처음 만났을 때를 떠올렸다. 그것은 8개월 전, 제온이 이 모든 일의 원흉을 끝내기 위해 알바스 고원을 찾아갔을 때부터 시작된 일이다.

레스톤 왕국 수도 라기아 시티에 초신수 아프레온이 출현한 지 4개월이 지났을 무렵, 제온은 유리언 대륙의 북서쪽에 위치한 알바스 고원을 헤매고 있었다.

초신수 아프레온의 성지로도 불리는 이곳은 일국의 영토를 능가할 정도로 광활한 크기에도 불구하고 인간이 전혀 살지 않는 땅이었다. 문제는 겨울이면 영하 수십 도 아래로 떨어지는 혹한의 추위와 이런 환경에 먼저 적응한 몬스터였다.

덕분에 알바스 고원은 평범한 인간은 발도 붙이기 어려운 땅이 되었다. 과거에는 일부 부유한 순례자들이 대규모의 호위단을 조직해 성지순례를 하기 위해 가끔씩 들르긴 했지만, 그것마저도 너무도 높은 위험부담 때문에 최근에는 거의 자취를 감춘 상태였다.

"분명… 이쯤이었을 텐데……."

제온은 하얀 입김을 내뿜으며 성에가 낀 고원을 끊임없이 이동하고 있었다.

그 어디를 둘러봐도 똑같은 풍경이었다. 평평한 대지, 굵게 솟아 무성히 자라고 있는 침엽수의 숲. 그곳은 마치 영원히 반복되는 악몽 같은 꿈을 연상시키는 땅이었다.

비행 마법으로 하늘을 날면 목적지를 찾는 것이 조금은 쉬워질 것이다. 하지만 그렇게 하면 겨우 따돌린 추적자들의 접근을 허용하게 된다.

"망할 신수교단, 너희들은 그다음이야."

숲 속을 헤매는 제온의 눈빛은 광기로 가득 차 있었다. 아내와 아이를 제물로 흡수해 버린 아프레온도, 그 아프레온을 섬기는 신수교단도 모두 증오스러운 복수의 대상일 뿐이다.

하지만 제온은 그보다 먼저 처리해야 할 일이 있었다. 프로나가 제물로 선택된 이유는 그녀가 아닌, 그녀의 뱃속에서 자라고 있는 제온의 아이였다. 그 아이가 제온과 같은 마력을 가지고 있기 때문에 아프레온은 프로나와 뱃속의 아기를 하나의 존재로 인식하고 제물로 흡수해 버린 것이다.

—드디어 우리의 알파가 탄생했다.

—이 아이의 마력은 완벽해. 하지만 복제가 안 되는 게 아

쉽군.

—서두를 건 없다. 실험은 계속될 테니까. 곧 알파를 능가하는 베타도 만들 수 있을 거야.

—만약 최악의 상황이 된다 해도 알파의 성장을 기다리면 된다.

—알파가 성장해서 자연적으로 생식 활동을 할 수 있게 될 때를 기다리자. 이론적으론 이세(二世)의 잠재력도 알파와 동일할 테니까.

그들은 제온은 던져놓은 구덩이 너머에서 그렇게 말했다.

시간이 지날수록 그때의 기억이 생생하게 살아났다.

그것은 제온이 지난 10년간 잊으려고 노력했던 끔찍한 고통의 잔재였다. 정상적인 인간이 되기 위해서는, 그리고 인간으로 살기 위해서는 그때의 기억을 머릿속에서 지우는 수밖에 없었다.

하지만 알바스 고원을 헤매는 지금, 그 어느 때보다 선명하게 그때의 일들이 머릿속에 떠올랐다. 이유는 간단했다. 제온이 태어나고, 성장하고, 결국 탈출한 그 장소가 바로 이곳에 있기 때문이다.

연구실.

그들은 자신들이 있는 곳을 연구실이라고 불렀다. 연구실은 지하에 있었고, 제온이 기억하기론 작은 도시가 들어갈 만큼 방대한 규모였다.

"좋아, 점점… 가까워지고 있어."

제온은 퀭한 눈으로 변하지 않는 정면의 풍경을 노려보았다. 아무리 두꺼운 후드와 망토로 몸을 감싸도 뼛속까지 저리는 추위를 완벽히 차단하는 건 무리였다. 몸 안의 전류를 조작해서 체온을 끌어올리지 않았다면 움직이는 것 자체가 불가능할 지경이다.

그렇게 얼마나 더 걸었을까.

영원히 반복될 것만 같았던 풍경이 미세하게 변하기 시작했다. 그것은 눈으로는 인식할 수 없는 변화였다. 고르게 펼쳐져 있던 전하(電荷)의 양이 달라졌고, 그에 따른 전기장의 크기와 흐름이 바뀌기 시작했다.

제온은 그 흐름이 시작되는 곳으로 조금씩 방향을 바꾸며 걸었다. 그를 여기까지 오게 한 것도, 이런 곳에서 계속 움직이게 하는 원동력도 모두 복수였다.

자신을 만든 자들에게 복수하기 위해서.

그런 제온의 눈앞에 무언가 새로운 것이 나타났다.

"찾았다."

제온은 나지막한 목소리로 중얼거렸다. 그것은 나무로 만들어진 작은 덮개 같은 구조물이었다.

10년 전에도 저런 것을 박살 내며 연구실을 탈출했다.

당시에는 두꺼운 옷을 입고 있지 않았다. 그래서 순식간에 얼어 죽을 뻔했고, 본능적으로 하늘로 날아올라 전력으로 남쪽을 향해 비행했다.

그리고 몇 년 후, 수많은 우연과 필연 속에 제온은 매직 아카데미에 입학했고, 거기서 프로나를 만나게 되었다.

―괜찮아, 제온. 괴로운 건 잊어도 돼. 과거가 널 삼키게 놔두지 마.

프로나와 처음으로 밤을 보낸 다음 날, 제온은 연구실의 악몽을 꾸며 잠에서 깨어났다. 그때는 언제나 그랬다. 하지만 그날 아침엔 프로나가 부드러운 손길로 그의 등을 쓰다듬어 주었기 때문에 제온은 조금씩 악몽을 꾸지 않게 되었다.

하지만 바로 지금, 악몽은 그의 눈앞에 돌아와 있었다.

"미안해, 프로나. 결국 저게 날 삼켜 버린 것 같아."

제온은 나무 덮개를 향해 손을 뻗었다. 한줄기의 뇌전이 덮개를 단숨에 박살 냈고, 제온은 레비테이션으로 몸을 띄운 채 뻥 뚫린 무저갱 같은 지하로 천천히 내려갔다.

텅 빈 황무지 같은 냄새.

오래된 웅덩이 같은 냄새.

막 연삭된 금속 같은 냄새.

그 모든 냄새가 제온의 비참했던 기억을 생생하게 되살렸다. 수직으로 10미터 정도 내려간 제온은 캄캄한 어둠 속으로 끝없이 이어진 긴 통로와 마주했다. 통로는 지극히 완만한 곡선을 그리고 있었다.

이곳은 연구실의 외곽을 따라 원형으로 뚫려 있는 운반용 통로였다. 식량, 피복, 성법기, 실험 도구, 의식이 없는 여자 등이 이 통로를 통해 연구실로 들어왔고, 인간이 되지 못한 살덩어리, 죽은 실험체의 시체, 죽은 여자 등이 밖으로 배출되었다.

그렇기 때문에 이 통로 자체가 실험체들에겐 공포의 존재였다. 죽어야만 나갈 수 있는 통로. 곧 죽을 것들이 들어오는 통로. 죽음만이 가득한 통로.

―그 통로 너머엔 진짜 세상이 있대.

―진짜 세상? 거긴 뭐가 다른데?

―하늘에 거대한 불덩어리가 떠 있대.

―아, 나도 알아. 태양이라는 거지?

―아니야. 내가 들은 건달이라는 거대한 돌덩어리였어.

지극히 짧은 시간이었지만 실험체들은 통로 바깥쪽에 있는 세상에 대해 이야기했다. 제온에게 있어 그것은 추억이자 가장 끔찍한 악몽이었다.

왜냐하면 모든 실험체는 자신과 똑같은 얼굴을 가지고 있기 때문이었다.

"하하, 하하하⋯⋯."

제온은 나지막하게 웃으며 통로를 이동했다.

똑같은 얼굴의 실험체들은 각기 다른 능력으로 서로를 죽이고 또 죽여야 했다.

그리고 마지막으로 남은 것이 바로 제온이었다. 똑같은 얼굴을 가진 다른 실험체들은 운이 없게도 제온과 같은 압도적인 마력을 가지지 못한 채 태어난 것이다.

"그러고 보니 내가 안 죽인 녀석도 있었지."

제온은 작은 목소리로 중얼거렸다. 아마도 질풍 속성의 마법을 쓰던 아이였다. 그 아이는 자신이 가진 속성처럼 자유를 추구했고, 그랬기에 필사적으로 실험실을 탈출해 이곳 외곽 통로에 도착한 것이다.

그리고 통로를 지키고 있던 골렘들의 손에 산산조각 찢겨졌다.

─너희들의 세상은 여기뿐이다. 탈출하면 이렇게 되는 걸

명심해라.

그들은 찢겨진 실험체를 다른 실험체들에게 본보기로 보여주었다. 실험체들이 아무리 인간으로 키워지지 않았더라도 인간으로 태어난 이상 그들에게 있어 공포는 가장 원초적인 본능이었다.

하지만 지금의 제온의 가슴속에 공포란 감정은 더 이상 존재하지 않았다.

생존에 대한 본능.

삶에 대한 미련.

혹은 사랑하는 사람.

공포를 느끼기 위해선 적어도 이 세 가지 중에 하나라도 있어야 했다. 하지만 제온에겐 아무것도 없었다.

남아 있는 것은 이 모든 것을 끝내야 한다는 강박적인 증오뿐이었다.

그리고 잠시 후, 쿵쿵거리는 진동이 제온의 감각을 자극했다.

"아, 너희들이구나. 잘 있었어?"

제온은 통로 앞에 나타난 골렘들을 향해 인사를 건넸다. 마치 10여 년의 시간을 뛰어넘어 과거로 돌아간 듯했다.

골렘들은 제온의 인사에 화답하듯 일제히 돌진했다. 약 2미터의 키에 금속과 바위가 섞인 투박한 형태는 그다지 강해 보이지 않았다.

하지만 그것은 눈에 보이는 것뿐이다. 바깥 세상에 나온 제온은 저것보다 훨씬 큰 골렘들도 많이 상대했지만, 실제로 실험실을 지키던 저 안티매직(Anti—magic) 골렘보다 귀찮은 것은 경험하지 못했다.

이름 그대로 저 골렘들은 6등급 이하의 모든 마법에 대해선 면역이 있었다.

"볼 라이트닝."

제온은 감흥 없는 목소리로 중얼거렸다. 순간적으로 소용돌이치며 휘감기는 전류의 덩어리가 발생했고, 가장 먼저 달려오던 골렘을 정면으로 들이받으며 사방으로 폭풍 같은 전류의 줄기를 뿜어냈다.

파직거리는 소음이 진동하는 가운데, 볼 라이트닝에 직격당한 골렘은 하얀 연기를 내뿜으며 그 자리에서 쓰러졌다.

유기체가 아닌 골렘이 감전되어 죽는다는 것도 이상한 일이지만, 실상은 골렘의 안쪽에 있는 핵이 한계 이상의 충격을 견디지 못하고 파괴된 것뿐이다.

"전에도 다섯 마리쯤 죽이고 탈출했던 거 같은데… 그사이에 또 만든 건가?"

제온은 계속해서 몰려오는 골렘들을 처치하며 통로를 이동했다. 그저 동일한 작업의 반복일 뿐이다.

잠시 후 안쪽으로 이어지는 격벽이 나타났고,

"라이트닝."

제온은 뇌전으로 격벽을 박살 내며 안쪽으로 몸을 집어넣었다. 이번에도 수직으로 뚫린 통로를 통해 10여 미터를 내려가자 곧바로 환한 빛과 함께 새로운 장소가 모습을 드러냈다.

"3번 구역……."

제온은 주위를 둘러보며 입술을 깨물었다.

그곳은 금속으로 만들어진 수십 개의 속박구(束縛具)가 일정한 간격으로 지면에 고정되어 있는 장소였다. 천장에는 속박구에 고정된 실험체들에게 강제로 마력을 주입하는 끝이 날카로운 쇠사슬이 길게 늘어뜨려져 있었다.

마력이 약한 실험체들은 그곳에서 마력이 강화되었고, 마력이 강력한 실험체는 몸 안에 잠재된 마력이 강제로 끄집어내졌다. 제온 역시 그곳에서 수도 없이 강제로 마력을 주입당했다.

그것은 이루 말로 다 할 수 없는, 마치 강력한 전류에 감전되는 듯한 끔찍한 고통의 영원한 반복이었다.

그리고 지금 이 순간에도 서른 명 정도의 조그만 아이들이 실험체에 고정된 채 비명을 지르며 꿈틀거리고 있었다.

다섯 살쯤 되었을까?

모두들 어린 시절의 제온과 똑같이 생긴 실험체였다.

"…난 계속 여기 있었구나."

제온은 시선을 바닥에 깔며 좌우로 양팔을 펼쳤다. 그러자 한순간에 사슬처럼 인간들 사이를 연결하는 뇌전 줄기가 뻗어 나갔다.

단 두 번의 체인 라이트닝으로 3번 구역에 있던 모든 실험체의 비명이 사그라졌다.

"미안. 하지만 나도 그렇게 길진 않을 거야."

실험체들이 하나씩 죽음을 맞이할 때마다 제온 역시 자신의 안쪽에 있는 무언가가 죽어가는 걸 느꼈다.

그것은 인간으로서의 자신이었다.

그것은 원래는 가지고 있지 않았지만, 매직 아카데미에서 프로나와 친구들이 함께 만들어준 것이다.

그 무엇보다 소중한 것이지만, 지금 자신이 할 일을 처리하기엔 거추장스러운 짐일 뿐이다.

"무슨 일이냐? 훈련을 똑바로 받지 않으면 어떻게 되는지 알려줬을 텐데?"

하얀 로브를 입은 남자가 3번 구역에 있는 하나뿐인 문을 열고 안으로 들어왔다. 그리고 약 3초 동안 정면에 마주 선 제온을 바라보았다.

남자는 떨리는 목소리로 말했다.

"알… 파? 설마 알파인가?"

"당신 얼굴은 기억하고 있지."

제온은 웃으며 오른손을 뻗었다. 동시에 사방에 생성된 주먹만 한 전류 덩어리가 남자의 몸을 향해 쏟아졌다.

"크아아아아아아악!"

감전된 남자는 끔찍한 비명을 지르며 땅바닥을 구르기 시작했다. 제온은 천천히 남자의 옆을 지나며 귀띔하듯 말했다.

"이름은 모르지만 말이야."

"크, 크윽! 어째서! 아악!"

"왜 라이트닝 애로우(Lighting arrow) 따위를 썼냐고? 그야 강한 걸로 한 번에 죽이면 고통이 없으니까."

쓰러져 뒹굴고 있는 남자의 주위로 계속해서 라이트닝 애로우가 생성되었다. 제온은 총 스무 개의 번개 화살이 남자를 향해 순차적으로 떨어지도록 조작한 다음, 남자가 들어온 문을 통해 실험실의 중앙 구역으로 이동했다.

"반항하면 어떻게 되는지 보여주마!"

그러자 중앙 구역에 모여 있던 또 다른 남자들이 손에 끼고 있던 반지에 마력을 주입하며 소리쳤다. 아마도 3번 구역에서 고통 받던 실험체들이 반항한 것이라 생각한 모양이다.

그러나,

"아……."

"넌……."

"알파?"

위협적으로 번뜩이던 남자들의 눈이 순식간에 당혹으로 물들었다.

모두 다섯 명이었다.

그중에는 제온이 아는 얼굴도 있고 모르는 얼굴도 있었다. 물론 그렇다고 결과가 달라지진 않을 테지만.

"뭘 보여준다고?"

제온은 정면의 굳어버린 남자를 향해 체인 라이트닝을 발사했다. 오랜 시간 동안 반항할 수 없는 실험체들을 상대로 일방적인 괴롭힘만을 반복하던 남자들이다. 말 그대로 번개 같은 제온의 마법에 결코 반응할 수 없었다.

곧바로 넓은 중앙 구역에 동시다발적인 비명이 울려 퍼졌다. 제온은 피부가 빨갛게 익은 채 연기가 나고 있는 남자를 향해 걸어갔다.

"하, 하윽… 하으윽……."

남자는 온몸에 경련을 일으키며 최후의 가쁜 숨을 몰아쉬고 있었다. 즉사를 면치 못한 다른 남자들과는 달리 아슬아슬한 타이밍에 역장을 펼쳐 충격을 완화한 모양이다.

그러나 안타깝게도 그것은 자신의 고통을 배가하는 무의미한 저항이었다. 제온은 남자의 앞에 우뚝 멈춰 섰다. 그리고 발을 들어 남자의 손을 짓밟았다.

"크아아아악!"

남자는 물 밖으로 나온 물고기처럼 온몸을 파득거렸다. 제온은 발을 들어 피투성이로 뭉개진 남자의 손을 바라보았다.

"여전히 이걸로 실험체를 괴롭히고 있나 보지?"

제온이 박살 내려고 한 건 남자의 손이 아니라 거기 끼워진 하얀 구슬의 반지였다. 산산조각 난 반지는 남자의 뭉개진 손에 파고들어 뼛조각처럼 보였다. 물론 실제로 진짜 뼛조각도 조금 튀어나와 있었지만.

"컥, 커흑! 아, 아, 알파?"

남자는 눈물과 콧물을 쏟으며 고통스러운 얼굴로 제온을 노려보았다.

"어… 째서? 네, 네 녀석, 레스톤 왕국에 있는 게 아니……."

"레스톤 왕국? 정보가 너무 늦어."

제온은 빙긋 웃으며 남자의 눈을 바라보았다.

"하긴, 바깥에서 물자가 들어오는 게 반년에 한 번씩이었으니까 아직도 레스톤 왕국에 무슨 일이 벌어졌는지 모를 수밖에."

"그런… 대체……."

"물론 알 필요도 없고."

제온은 남자를 향해 라이트닝 볼트를 직격으로 날렸다. 한 줄기의 강력한 뇌전이 남자의 몸을 파고들며 지직거리는 굉음과 함께 반복적으로 경련을 일으키게 했다.

"그래, 항상 저게 문제였어."

제온은 죽은 남자의 부서진 반지를 바라보며 중얼거렸다. 그리고 고개를 들어 중앙 구역을 둘러보았다.

1이 새겨진 문,

2가 새겨진 문,

그리고 엑스(X) 모양의 문양이 새겨진 문이 보인다. 제온이 방금 나온 3이 새겨진 문을 더하면 모두 네 개의 문이 있는 셈이다.

제온은 2가 새겨진 철문을 날려 버렸다. 피비린내를 중심으로 한 다양한 악취가 소독용으로 쓰이는 알코올 냄새와 섞여 정신을 아득하게 만들었다.

이곳은 바로 2번 구역이다.

사실상 실험체들은 대부분의 시간을 여기서 보냈다. 이곳에서 먹고, 이곳에서 자고, 이곳에서 싸우며, 이곳에서 죽는다.

3번 구역의 몇 배나 되는 거대한 공간에 펼쳐진 것은 수십 개의 구덩이였다. 제온은 빛을 내는 성법기를 들고 구덩이를 확인하고 있는 십여 명의 연구원들을 확인했다.

　"뭐지?"

　"누구냐!"

　"어떻게 여길……?"

　1초 후에 자신들이 죽을지도 모르는 상황에서 연구원들이 한 일이란 고작 당황한 얼굴로 의문을 표할 뿐이다. 그들은 너무 오랫동안 반복되는 일상에 길들여져 있었다.

　"그래도 예전에는 당신들이 두려웠어."

　제온은 정면을 향해 볼 라이트닝을 발사했다. 순식간에 휘감긴 거대한 전기의 구체는 2번 구역을 직선으로 가로지르며 멍하니 서 있는 연구원들에게 피할 수 없는 전류 가닥을 미친 듯이 뿜어냈다.

　대부분의 연구원들은 볼 라이트닝에서 뻗어 나온 전류에 감전되어 즉사했다. 하지만 몇 명은 본능적으로 근처에 있는 구덩이 안으로 몸을 던져 볼 라이트닝의 범위에서 벗어나는 데 성공했다.

　제온은 연구원이 뛰어내린 구덩이를 들여다보았다. 한쪽 구석에 다리가 부러진 연구원이 쓰러져 있고, 그런 연구원을 다섯 명의 소년이 공포와 증오가 뒤섞인 표정으로 노려보고 있었다.

"거기라고 안전할 것 같아?"

제온은 연구원에게 한마디 내뱉은 다음 구덩이 안의 소년들에게 마지막 제안을 했다.

"난 너희들을 모두 죽일 거야. 그전에 뭔가 하고 싶은 일이 있으면 해."

그러자 소년들은 서로를 바라보았다. 모두 똑같이 생긴 얼굴이고, 모두 똑같은 마음이다.

"자, 잠깐! 오지 마! 너희들 모두 쓴맛을……."

다리가 부러진 연구원은 겁에 질린 얼굴로 손에 낀 반지를 치켜들었다.

하지만 한 소년이 번개처럼 달려들어 연구원의 반지 낀 손가락을 움켜쥐었다.

우둑 하는 소리가 들렸고, 동시에 처절한 비명이 울려 퍼졌다. 소년은 부러진 손가락에 끼워진 반지에 증오가 맺힌 듯 이리저리 흔들어 비틀다가 급기야는 이빨로 물어뜯기 시작했다.

"크아아아아아아악!"

연구원은 활처럼 몸을 뒤로 꺾으며 비명을 질렀다. 곧바로 구덩이에 있던 다른 소년들도 연구원을 향해 몸을 날리며 자신들의 본능에 충실하기 시작했다.

소년들이 마법을 쓸 수 있었더라면 좀 더 세련된 방식으로 죽었을 것이다. 하지만 안타깝게도 '거주 구역'으로 사용되는 구덩이는 실험체들이 마법을 쓸 수 없도록 강력한 안티매직(Anti-magic)의 결계가 쳐져 있었다.

차라리 볼 라이트닝에 즉사하는 편이 행복했을 것이다. 제온은 감흥 없는 눈으로 산산이 찢겨 나가는 연구원의 최후를 감상했다.

그리고 연구원들이 뛰어내린 또 다른 구덩이에서도 참혹한 비명이 터지기 시작했다. 제온은 고개를 위로 치켜든 다음 생체 전류가 느껴지는 모든 구덩이를 돌며 안쪽에 체인 라이트닝을 꽂아넣었다.

모든 구덩이를 침묵시킬 때까지 15분의 시간이 필요했다. 살과 머리카락이 타는 냄새가 다른 모든 냄새를 압도하며 2번 구역을 꽉 채웠다.

이곳이 바로 지옥이었다.

제온이 지옥인 줄도 모르고 살았던 바로 그 지옥.

"내가 운이 좋았던 걸까."

제온은 작게 중얼거리며 몸을 돌렸다.

불과 몇 달 전까지만 해도 당연한 생각이었다. 하지만 지금은 달랐다. 그냥 여기서 아무것도 모른 채 인간이 아닌 무언가로 살다가 죽는 편이 좋지 않았을까 하는 생각이 들었다.

그러면 적어도 소중한 것을 잃는 고통을 맛보진 않았을 텐데.

"멈춰라!"

다시 돌아온 중앙 구역에는 수십 명의 남자가 2번 구역의 입구를 둘러싸듯 포위하고 있었다. 지금까지 상대했던 별 볼 일 없는 연구원들과는 달리 무시할 수 없는 마력을 갖춘 전투형 마법사들도 다수 섞여 있었다.

"네가 다시 돌아올 줄은 몰랐다, 알파."

그리고 그들 사이에 홀로 검은 로브를 뒤집어쓴 노인이 앞으로 나서며 제온에게 말했다. 얼굴에 주름이 가득한 처음 보는 노인이지만, 제온은 그의 음산한 목소리를 똑똑히 기억하고 있다.

"그 목소리… 구덩이 위에서 떠드는 걸 자주 들었지. 당신이 이 연구실의 대장이지?"

"주임(主任)인 사가론이다. 내가 널 만들었지, 알파. 아니 지금은 제온이라고 불러야 할까?"

사가론은 탐욕과 호기심으로 가득 찬 눈을 번뜩이며 제온을 훑어보았다. 마치 뱀이 핥는 듯한 그 시선에 제온은 혐오감을 느끼며 오른손을 뻗었다.

"맘대로 불러. 이미 죽은 사람이 뭐라고 부르든 상관없으니까."

"대단한 자신감이군. 물론 그럴 만하고 말이야. 후후후……."

사가론은 즐거운 듯 웃음을 터뜨리며 말했다.

"하지만 안타깝게도 너는 날 죽일 수 없다. 네가 이곳에서 만들어진 이상 말이야."

"그게 유언이야?"

"제온 스태틱, 제3차 마도대전의 영웅, 나인제로 몬스터즈의 에이스, 라이트닝……. 지난 10년간 바깥세상에서의 너의 활약은 잘 듣고 있었다."

사가론은 퀭한 눈으로 제온을 노려보며 말했다.

"그 인간을 초월한 마력을 대체 누가 준 것이라고 생각하는 거지? 네가 영웅이 된 것은 바로 우리의 노력이 있었기 때문이다! 넌 자신을 만들어준 부모에게 고마운 마음도 느끼지 못하는 것이냐?"

"무슨 소리. 너무 고맙고 감사해서 이렇게 문안 인사를 드리러 찾아온 거라고."

제온은 눈웃음을 지으며 체인 라이트닝을 발사했다. 하지만 사가론의 좌우에 있던 두 명의 마법사가 동시에 역장을 강화하며 그것을 막아냈다.

제온은 고개를 끄덕이며 말했다.

"좋아, 고향에 돌아온 지 한 시간 만에 처음으로 인사를 받아주는 사람이 나타났네."

"제온, 네가 얼마나 강력한 힘을 가졌는지 우리보다 잘 아는 사람은 없을 거다."

사가론이 손을 들자 지팡이를 쥔 다섯 명의 연구원이 앞으로 나섰다. 제온은 감흥 없는 얼굴로 연구원들을 바라보았다.

"그래서 뭘 준비하고 있는데?"

"서두르지 마라. 네가 제 발로 연구소에 돌아온 이상, 우리에겐 무척 많은 시간이 남아 있으니까. 후후후."

"후후후, 좋아하시네."

제온은 사가론의 웃음을 따라 하며 말했다.

"바깥세상에서 내가 활약하는 걸 듣고 있었다며? 그런데도 진심으로 날 막을 수 있다고 생각하는 거야?"

"그렇다."

"그럼 너희들이 내 대신 좀 칠흑의 마왕을 쓰러뜨리지 그랬어? 이런 추운 땅 속에 틀어박혀서 똑같이 생긴 아이들을 괴롭히며 즐거워하는 것보다는 그게 조금이라도 건설적이지 않았을까?"

"우리의 목표는 칠흑의 마왕 같은 것은 비교할 수 없을 정도로 높고 숭고하다. 우리가 만들어준 힘에 취해 영웅놀이나 하던 네 녀석이 알 리가 없지."

사가론은 낮고 음산한 목소리로 위협하듯 말했다. 제온은 길게 한숨을 쉬며 대답했다.

"그럼 지금이라도 그 높고 숭고한 목표를 말해주지 않겠어? 내 인내심은 이미 바닥났으니까 가급적 짧게 요약해서."

"건방지군. 조금은 창조자에 대한 예의를 갖추는 것이 어떤가?"

사가론이 박수를 치자 앞으로 나섰던 연구원들이 손에 든 지팡이에 마력을 불어넣기 시작했다. 제온은 지팡이에 박혀 있는 주먹만 한 크기의 하얀 구슬을 바라보며 대꾸했다.

"하긴, 내가 좀 배은망덕하지. 태어나자마자 구덩이에 처박혔고, 자신과 똑같이 생긴 아이들을 끝도 없이 죽이는 훌륭한 가정교육까지 받아놓고서 말이야."

"말은 잘하는군. 하지만 지금부턴 그 잘난 입도 뻥긋하기 어려울 거다."

"어떻게?"

"이 성법기는 언젠가 우리가 다시 너를 제압해야 할 때를 대비해서 만든 것이기 때문이지."

사가론은 연구원들이 들고 있는 지팡이와 똑같은 지팡이를 건네받으며 말했다.

"이곳에서 만들어진 모든 실험체는 일종의 성법기나 마찬가지다. 그리고 우린 성법기를 효과적으로 컨트롤하기 위해 제어 장치를 해놓았지."

"반지 말이지? 작동시키면 척추를 따라 엄청난 고통을 주는?"

"그렇다. 그리고 이 지팡이는 그 반지의 힘을 수십 배로 증폭시킨 것이지."

"그래서?"

"후후후, 과연 언제까지 태연할 수 있을까? 물론 넌 마법으로 스스로를 지키고 있겠지만, 이게 있으면 그 어떤 높은 등급의 방어 마법도 뚫고 네 몸속에 있는 제어 장치를 작동시킬 수 있다. 우리가 10년 전의 실수를 다시 반복할 것 같나?"

그리고는 사가론도 제온을 향해 직접 지팡이를 뻗으며 마력을 주입했다.

"무릎을 꿇어라, 알파! 네 녀석도 우리가 만든 실험체의 하나일 뿐이다!"

그러나 사가론의 외침은 공허할 뿐이었다.

제온은 처음과 똑같은 무감각한 표정으로 꼼짝도 하지 않았다. 사가론은 붉게 상기된 얼굴로 지팡이를 마구 휘두르며 소리쳤다.

"뭐지! 어째서? 이럴 리가 없어!"

"멍청하긴. 내가 그걸 계속 몸 안에 두고 있었을 것 같아?"

"뭐? 뭐라고?"

"제어 장치 말이야."

제온은 허리춤을 손으로 짚으며 말했다.

"여길 탈출하자마자 내가 가장 먼저 무슨 일을 했을 것 같아?"

"서, 설마! 제어 장치는 뼛속에 들어 있을 텐데!"

"그래, 대충 여기쯤에 박혀 있었지."

제온이 손으로 만진 곳은 엉치뼈와 척추의 사이쯤이었다. 그 안에는 10년이 지나도 사라지지 않은 기다란 흉터가 남아 있었다.

사가론은 믿을 수 없다는 얼굴로 소리쳤다.

"말도 안 돼! 그걸 뽑고 살아 있을 리가 없어!"

"확실히 죽을 뻔했지."

제온은 고개를 끄덕였다.

"거의 죽을 뻔했어. 겨우 살아남긴 했지만, 신경을 깊이 건드러서 다리가 마비되어 버렸고."

"그런데 어째서……."

"멀쩡하게 걷느냐고?"

제온은 오른손에 파직거리는 전류의 파장을 만들어냈다. 사가론은 멍한 얼굴로 입을 뻥긋거렸다.

"뇌전… 설마… 직접……."

"그래, 짓눌리고 끊어진 신경을 내가 직접 고치고 연결했지. 사실은 지금도 걷는 게 한계야. 너희들 덕분에 난 평생 동안 달릴 수 없는 몸이 되었다고. 그러니까……."

제온은 오른손을 뒤로 끌어당기며 빙긋 웃었다.

"지금부터 은혜를 좀 갚아야겠어."

"자, 잠깐! 네놈은 아직……."

사가론이 무언가 소리치려는 순간, 제온은 당긴 손의 주먹을 꽉 움켜쥐었다.

그러자 제온의 몸을 중심으로 수백 가닥의 전류가 제멋대로 사방을 향해 방출되었다. 연구원들은 재빨리 역장을 강화했지만 소용없는 짓이었다. 중앙 구역을 꽉 채운 끝도 없는 전류의 폭풍은 그곳에 있는 모든 인간의 마력이 제로가 될 때까지 쉬지 않고 휘몰아쳤다.

"크, 크아아악!"

"사, 살려줘!"

"안 돼! 사가론님을 지켜야 한다!"

"우리는 반드시… 끄아악!"

마력이 약한 순서대로 역장이 파괴되며 처절한 비명을 토해냈다. 마력이 강한 자들은 좀 더 버텼지만, 사방에서 죽어나가는 동료들의 모습을 몇 초 더 지켜본 것에 불과했다.

그것은 분명 그들의 인생에 있어 가장 두려운 몇 초였을 것이다.

"알파… 네놈이……."

마지막까지 버틴 것은 바로 주임인 사가론이었다. 사가론은 자신을 지키는 마법사들에 둘러싸여 마지막까지 제온을 노려보았다.

그러나 결국 역장이 파괴되었고, 사방에서 작열하는 전류에 휘감겨 비명을 지르기 시작했다.

"크아아아악! 아, 알파! 네, 네, 네, 네놈은 아무것도 모른다아아아으아아아아악!"

그것이 사가론의 마지막 단말마였다. 제온은 하얀 연기를 뿜어내며 바닥에 쓰러진 사가론을 바라보았다. 하얗게 뒤집힌 눈에 안면에서부터 시작해 온몸의 근육이 처절하게 뒤틀려져 있다.

"그러고 보니 설명을 안 해줬군."

제온은 몸을 숙인 다음 죽은 사가론의 가슴에 손바닥을 대었다.

그리고 그의 멈춘 심장에 가벼운 전격을 가한 순간,

"크허어어어억!"

분명히 죽은 사가론이 괴성을 지르며 몸을 펄떡거리기 시작했다.

"캐, 캐엑! 하으윽!"

"내가 좀 전에 사용한 마법, 라이트닝 스톰(Lighting storm) 이라는 거야."

"뭐, 뭐라고?"

죽었다 살아난 사가론은 입에 거품을 물며 온몸을 부들거렸다. 망막이 타버려 눈은 아무것도 보이지 않았고, 뒤틀리고 경직된 전신의 근육은 참을 수 없는 고통을 끊임없이 만들어내고 있었다.

"처음 들어보는 마법이지? 마도대전이 끝나고 프로나와 함께 이야기하다가 새롭게 만든 마법이야. 내 오리지널이지. 아직 마법협회에 등록도 하지 않았어. 분명히 9등급을 받을 만한 위력이 있는데… 마법협회는 절대로 10년 동안 같은 사람이 만든 마법에 등급을 부여해 주지 않거든. 라이트닝 캐논에 9등급을 준 게 고작 3년 전이니까."

"다, 닥쳐! 대체 무슨 소릴 하고 있는 거냐!"

"무슨 소리냐 하면, 나도 설명을 해줬으니까 당신도 한 가지를 설명해 줬으면 해서 말이야."

"뭐?"

"너희들은 대체 어떻게 성법기를 만들 수 있던 거지? 성법기는 신수교단의 신관들만 만들 수 있는 거잖아?"

"큭, 내가 네놈에게 그런 걸 알려줄 리가… 없잖… 허윽……."

고통에 허덕이던 사가론은 다시 심장이 멈추며 고개를 떨어뜨렸다. 하지만 제온은 사가론에게 다시 전격을 가해 강제로 심장을 뛰게 만들었다.

"크아아아아아악!"

"저기, 멋대로 죽는 건 상관없는데, 나도 계속 살려낼 거니까 그냥 말하는 게 좋아."

"커, 커윽! 이 망할……."

"사실은 내가 천천히 알아내도 상관없긴 해. 하지만 처음부터 '책임자'만큼은 편하게 보낼 생각이 없었거든. 그리고 당신이 책임자니까."

"우, 웃기지 마라."

사가론은 뒤틀린 얼굴에 억지로 비웃음을 띠며 숨을 거뒀다. 하지만 제온은 그런 사가론을 다시 살려냈고, 또 살려냈고, 또 살려냈다.

그렇게 다섯 번을 다시 살려냈을 때,

"제… 제발… 그만… 그만해……."

사가론은 완전히 쉬어버린 목소리로 애걸했고, 제온은 감흥 없는 목소리로 대꾸했다.

"죽었다가 살아나면 기억이 사라지나?"

"큭……."

"성법기에 대해 설명해. 그럼 끝이다."

"성법기… 그건 우리가… 우리가 바로 신관이기 때문에……."

"뭐라고?"

"하지만 신수교단은 잘못을… 우리는 세상을 구원하기 위해… 모두 셋으로 나뉘어 연구를……."

"셋? 그럼 연구소가 여기 말고 또 있다고?"

제온의 동공이 순간적으로 커졌다. 사가론은 입에 피거품을 물며 모기만 한 목소리로 중얼거렸다.

"우린 신을 벌할 수 있는… 미친 신으로부터… 해방된 세계를… 흐으……."

그리고는 마지막 숨을 내뱉으며 눈을 감았다. 제온은 죽은 사가론을 잠시 바라보다 이내 손을 떼고 몸을 일으켰다.

"이런……."

제온은 굳은 표정으로 입술을 깨물었다. 실험실이 여기 말고 다른 곳에 또 있다는 사실도 충격적이지만, 그보다도 이들이 사실 신수교단의 신관이었으며 신수교단에 반발하여 독자적으로 빠져나와 만든 세력이라는 사실은 더욱 충격적이었다.

'그럼 결국 이들이 날 만든 이유가 초신수와 싸우기 위해서란 말이야?'

제온은 망치로 얻어맞은 것처럼 머리가 울렸다. 자신이 만들어진 이유와 자신의 마지막 목표가 같다는 현실을 도무지 받아들일 수가 없었다.

지금까지 제온을 움직인 것은 분노였다.

분노가 자괴감보다 컸기 때문에 프로나를 잃고 나서도 무너지지 않고 움직일 수 있었다.

하지만 지금 이 순간, 제온의 자괴감은 분노를 넘어선 상태였다.

죽고 싶다.

죽고 싶은 마음만이 간절했다.

그때, 머릿속에 누군가의 목소리가 떠올랐다.

―세상이 진짜 썩을 것 같을 때가 많아. 그럴 땐 다 집어치우고 그냥 웃어.

"하… 하하… 하하하……."

제온은 멍한 얼굴로 한참 동안 웃었다.

목소리의 주인은 나인제로 몬스터즈의 일원인 마그나스였다. 그는 자신의 가문도, 책임도, 주위의 시선도 전혀 아랑곳하지 않고 제멋대로 살던 독특한 인간이었다. 프로나를 제외하면 제온에게 가장 큰 영향을 준 친구이고, 지금 이 순간에도 자살 충동에 사로잡힌 제온의 목숨을 구해주고 있었다.

"…그래, 마그나스. 네 말대로야. 웃으니까 좀 낫네."

제온은 혼잣말을 중얼거리며 걸음을 옮겼다. 끔찍한 자괴감은 여전했다. 하지만 억지로 한바탕 웃고 나니 적어도 이곳에 온 목적과 끝내야 할 일들을 다시 떠올릴 수 있었다.

발에 차이는 연구원들의 시체를 지나니 눈앞에 보이는 것은 '1'이라고 새겨진 문이다.

연구소를 탈출하기 전, 제온은 1번 구역을 한 번도 들어가본 적이 없다.

하지만 저 안에 무엇이 있는지, 무슨 일이 벌어지고 있는지는 정확히 알고 있었다. 그것은 제온이 생체 전류를 느낄수 있기 때문이다. 덕분에 1번 구역에 큰 사고가 터졌을 때제온은 연구원들의 혼란을 틈타 연구소를 탈출할 수 있었다.

그리고 지금 이 순간에도 제온은 그 안에서 느껴지는 수많은 생체 전류의 신호를 감지하고 있었다.

"……."

제온은 말없이 1번 구역의 문을 열었다.

눈에 보인 것은 제온이 상상하던 바로 그 현실이었다.

커다란 유리관이 보인다.

유리관 안에는 푸른 형광색의 액체가 가득 담겨 있고, 액체 속에는 검은색 관을 입에 물고 있는 조그만 인간이 들어 있었다.

그런 유리관이 1번 구역 안을 가득 메우고 있었다. 적어도 백 개는 넘을 것 같았고, 대부분의 유리관 속에 아기들이 들어 있었다.

"하하, 하하하……."

제온은 다시 웃었다.

왜냐하면 지금부터 저 유리관 속에 있는 생명을 모조리 죽여야 하기 때문이다.

3번 구역에서 강제로 마력을 주입 받던, 혹은 2번 구역의 구덩이 속에 있던 자신과 똑같이 생긴 아이들을 죽이는 것과는 또 다른 문제였다. 처음부터 각오하긴 했지만, 막상 손을 쓰려니 쉽사리 몸이 움직이지 않았다.

─주저한다는 건 좋은 거야. 인간은 원래 주저하는 법이거든.

불현듯 프로나의 목소리가 떠올랐다. 제온은 쓴웃음을 지으며 고개를 저었다.

"미안해, 프로나. 함께 애써서 여기까지 왔는데."

제온은 주저없이 양팔을 펼치고 체인 라이트닝을 사용했다. 사슬처럼 이어지는 전격이 삽시간에 유리관들을 파괴하

며 사방으로 퍼져 나갔고, 1번 구역은 유리가 깨지는 요란한
소리와 함께 삽시간에 물바다로 변했다.

미지근한 액체가 제온의 신발 안으로 새어 들어왔다. 제온
은 안쪽으로 걸음을 옮기며 계속해서 마법을 사용했다.

제온은 천장을 바라보며 걸었다. 눈으로 직접 볼 필요는 없
었다. 살아 있는 생체 전류가 느껴지면 그쪽을 향해 새로운
전류를 쏘기만 하면 끝이었다.

그렇게 모든 유리관을 박살 내고 더 이상 아무것도 느껴지
지 않았을 때, 제온은 고개를 내리고 주위를 바라보았다.

소름 끼치는 광경이 그곳에 펼쳐져 있었다.

입구 쪽의 유리관에는 어린 아기가 들어 있고, 안쪽으로 들
어갈수록 조금씩 더 성장한 아이들이 들어 있었다.

하지만 성장한 아이들의 얼굴은 제온이 아는 그 얼굴이 아
니었다.

모두 똑같은 건 마찬가지였지만, 그들은 제온의 어린 시절
모습을 하고 있지 않았다.

그들은 여자아이였다.

바닥에 뒹굴고 있는 아이들의 시체는 모두 똑같이 생긴 얼
굴의 여자아이였다.

"흐읍……."

제온은 자신도 모르게 숨을 크게 들이마셨다. 바닐라 향과

비슷한 진한 냄새가 제온의 후각을 마비시킬 것처럼 자극했다.

"어째서……."

제온은 스스로에게 물었다.

물론 답은 하나였다.

연구실은 지금까지의 연구 결과를 바탕으로 새로운 소체를 통해 새로운 실험체를 만들어내기 시작한 것이다.

이대로는 더 이상 태어나지 않는 알파를 대신할 수 있는 새로운 가능성을 위해.

바로 '베타'를 만들기 위해서.

"아……."

이번에는 웃음조차 나오지 않았다. 제온은 이 모든 일을 끝내기 위해서 악몽 같던 연구소에 다시 돌아왔다. 하지만 자신과 똑같이 생긴 아이들을 죽이며 살아남은 제온의 악몽은 이미 제온의 기억을 뛰어넘어 새로운 단계로 돌입해 있었던 것이다.

나 자신을 죽이는 건 아무래도 상관없었다.

몇 백 명의 자신을 죽이더라도 제온이 잃는 것은 오직 스스로의 인간성뿐이었다.

하지만 지금 제온이 죽인 것은 자기 자신이 아니었다.

그가 죽인 것은 어떤 여자아이들이었다. 서로 똑같이 생겼고 연구소에서 태어난 실험체였지만, 결코 제온과 같지 않았다.

'깊이 생각하지 마. 어차피 이 모든 걸 끝내려면 죽일 수밖에 없었어.'

제온은 스스로를 설득하며 1번 구역을 빠져나왔다. 다리가 후들거리고 온몸에서 식은땀이 배어나왔다.

―첫 아이는 딸이 좋을 것 같아. 동생들을 잘 챙겨줄 것 같거든.

프로나의 목소리가 메아리처럼 머릿속을 맴돌았다. 그녀는 아이들을 정말 좋아했다. 제온과 결혼한 다음에도 적어도 네 명은 낳을 거라며 호언장담할 정도였다.

―딸이면 마이, 아들이면 메이슨이라고 이름 지을 거야. 괜찮지?

부푼 배를 쓰다듬으며 행복해하던 프로나의 모습이 떠올랐다. 제온은 어금니를 질끈 물며 필사적으로 걸음을 옮겼다.

"미안해, 프로나. 난… 나는……."

그저 아무 상관없는 여자아이들을 죽였을 뿐이다.

살았어도 자신과 똑같이 생긴 아이들을 죽이고, 강제로 마력을 주입 받으며 끔찍한 고통을 겪었을 것이다.

명령을 조금만 어겨도 척추에 박힌 제어 장치가 작동하며 온몸이 마비되었을 것이다. 매일매일 냄새나는 구덩이 속에 갇혀 아무 희망도 없이 뿌연 천장을 바라보았을 것이다.

바로 자신처럼.

"아……."

제온은 순간 감전이 된 것처럼 몸을 떨었다.

어쩌면 그 아이들 중에 누군가는 수많은 다른 아이의 최후를 지켜보며 이것이 잘못되었다는 것을 깨달았을지도 모른다.

어쩌면 그 아이들 중에 누군가는 자신의 현실에 절망하고 본 적 없는 바깥세상을 꿈꿨을지도 모른다.

어쩌면 그 아이들 중에 누군가는 비교할 수 없는 강력한 마력을 가지고 있을지도 모른다.

바로 자신처럼.

"내가… 내가 대체 무슨 짓을……."

제온은 정신이 나간 것처럼 중얼거렸다.

여자아이도 남자아이도 똑같았다. 제온이 죽인 것은 인간이 되지 못한 실험체가 아니었다. 바로 인간이 될 가능성이 있는, 자신처럼 누군가의 도움을 받아 인간다운 삶을 누렸을

지도 모르는 아이들이었다.

그것을 깨달았을 때 제온은 마지막 구역으로 통하는 문 앞에 서 있었다.

X 문양이 새겨진 그 문은 연구원들이 자주 들락거리는 구역이다. 제온은 그 구역에 정체불명의 연구 조직에 대한 모든 정보가 있을 거라고 예상했다.

이제 와선 아무 상관없는 일이 되고 말았지만, 기력을 잃은 제온은 기계적인 움직임으로 방문을 열고 안으로 들어갔다.

X 구역의 첫 인상은 도서관이었다.

수많은 책이 수많은 책장 안에 빽빽하게 꽂혀 있었다. 각종 서류와 책들이 어지럽게 널려 있는 긴 테이블도 많이 보였다.

"……."

제온은 멍한 얼굴로 안쪽을 향해 걸었다.

그들과 자신들과 그녀들에 대한 비밀이 사방에 흩어져 있었다. 하지만 제온은 단 한 장의 종이쪼가리조차 들여다볼 의욕이 생기지 않았다.

호기심 같은 건 처음부터 제온을 움직이는 원동력이 아니었다.

"아, 안 돼! 이건 챙겨야 해!"

"당장 비상 구역으로… 도망쳐!"

살아남은 연구원 몇 명이 그때까지도 도망치지 않고 커다란 가방에 정신없이 서류를 챙겨 담고 있었다. 제온은 거의 본능적으로 손을 들어 그들을 향해 뇌전을 날렸다.

순식간에 네 명이 즉사했고, 구역 안은 다시 조용해졌다. 역장을 치지 않은 것으로 봐서 그들 모두가 마법을 못 쓰는 순수한 학자인 것 같았다.

"체인 라이트닝. 뇌전계 6등급 마법."

그때, 누군가가 감정 없는 목소리로 말했다. 제온은 눈을 부릅뜨며 목소리가 난 곳을 향해 손을 뻗었다.

"시설에는 뇌전계 마법 쓰는 연구원 없어. 모든 마법 속성 중에 가장 드문 속성이야."

"너는……."

제온은 마법을 쏘려는 직전에 손을 거두었다.

눈앞에 있는 것은 작은 여자아이였다. 파괴한 실험관 속에 있던 여자아이와 똑같은 얼굴이었지만 머리카락 색깔이 달랐다. 제온이 죽인 여자아이들은 모두 똑같은 금발이었고, 눈앞에 있는 여자아이는 새하얀 백발을 가지고 있었다.

마치 눈이 내린 것처럼 피부도 놀라울 정도로 창백했다.

그래서 피처럼 붉은 눈동자가 더없이 선명하게 보였다.

"당신의 외견상 특징은 클론 알파와 비슷해. 하지만 클론 알파들은 모두 이차 성징이 시작되기 전에 폐기돼. 그렇기 때문에 당신은 오리지널 알파라고 추측할 수 있어."

"날… 알고 있어?"

제온은 가까스로 입을 열었다. 소녀는 눈을 한번 깜빡인 다음 대답했다.

"알파. 코드 네임 00724. 광신 사냥 프로젝트의 첫 번째 성공 사례. 바깥세상에서의 이름은 제온 스태틱. 마법협회에 공식으로 등록된 아크메이지. 제3차 마도대전을 승리로 이끈 영웅. 나인제로 몬스터즈의 일원. 여기서 나인제로 몬스터즈란……."

"잠깐. 됐어. 그만해."

마치 책을 읽는 듯한 소녀의 목소리에 현기증이 날 정도였다. 제온은 눈을 질끈 감으며 물었다.

"그보다도 넌… 넌 누구지? 베타는 이미 완성된 건가?"

"내 명칭은 베타가 맞아. 하지만 베타는 편의상 부르는 명칭. 실질적으론 1차로 완성될 28명의 클론 베타 중 한 명."

제온은 가장 안쪽의 유리관에 있던 소녀들을 떠올리며 입술을 깨물었다.

"…그런데 어째서 넌 여기 있지?"

"베타는 정상적으로 성장하지 못했어. 돌연변이. 몸의 색소가 부족해."

"색소……."

"베타의 목적은 싸우는 것과 정보를 얻는 거야. 하지만 베타는 돌연변이라 몸이 약해. 체력이 부족해서 전투용으로 적합지 않아. 그래서 생장 중에 먼저 나왔어. 현재는 자료를 정리하며 연구원들을 도와. 가능성이 있는 클론 알파의 훈련을 돕기도 해."

"훈련을 돕다니… 싸운다는 거야?"

"베타는 싸우기 위해 태어났어. 그리고 궁극적으로는 알파를 지원해."

"잠깐, 잠깐 기다려."

제온은 눈살을 찌푸렸다. 눈앞의 소녀가 베타라는 용어를 자신의 이름과 프로젝트 전체에 포함된 소녀들과 혼용해서 사용하고 있는 탓에 정신이 혼란스러웠다.

한동안 생각을 정리한 다음 제온은 숨을 깊이 들이마시며 소녀에게 물었다.

"좋아, 다른 건 대충 이해했어. 그런데 베타가 알파를 지원한다는 게 무슨 뜻이지?"

"베타는 알파와 목적이 달라. 이미 오리지널 알파라는 성공 사례가 존재해. 하지만 오리지널 알파 혼자서는 프로젝트의 목표를 달성할 수 없어. 그래서 베타의 기본적인 목적은 바로 오리지널 알파를 지원하는 거야."

"그러니까… 너는 날 지원하기 위해서 태어났다고?"

소녀는 고개를 끄덕였다. 그리고 다시 고개를 저었다.

"그 말은 맞으면서도 틀려."

"뭐?"

"베타는 돌연변이야. 프로젝트가 원하는 베타로서의 기준에 적합하지 않아. 지금은 연구소의 인원 부족을 해결하기 위해 움직여. 하지만 27명의 클론 베타가 완성되면 폐기돼."

"폐기?"

"28명의 1차 클론 베타 중에서 마지막까지 남아서 알파를 지원할 자격을 얻는 두 명으로 예정되어 있어. 하지만 베타는 그 경쟁에 참여할 수 없어. 베타는 앞으로 6개월 후에 2번 구역에 있는 폐기의 구덩이에 들어갈 예정이야. 참고로 폐기의 구덩이란……."

"나도 알아!"

제온은 핏대를 세우며 소리쳤다.

"나도 거기가 어딘지 안다고……."

그리고는 입술을 깨물며 고개를 숙였다. 폐기의 구덩이는 더 이상 '경쟁'을 할 수 없을 만큼 심각한 불구가 된 실험체들이 버려지는 곳이다.

다른 구덩이들과는 달리 뚜껑이 있고 그 안으로는 아무런 음식도 들어가지 않는다.

"알파, 눈물 흘리고 있어."

소녀는 감정 없는 표정으로 제온의 얼굴을 향해 손을 뻗었다. 제온은 그제야 자신이 울고 있다는 사실을 깨달았다.

"넌… 넌 이제 죽지 않아도 돼."

제온은 자신의 눈물을 훑어준 소녀의 손을 붙잡았다. 소녀는 새빨간 눈동자로 제온의 눈을 응시했다.

"베타의 폐기는 확정되어 있어. 연구원의 말은 절대적이야."

"연구원은 이제 없어. 네게 명령을 내릴 사람은 이제 아무도 없는 거야."

"아무도 없어……. 베타는 잘 모르겠어."

소녀는 죽어 있는 연구원의 시체를 바라보며 입을 다물었다. 그리고 그런 소녀의 모습을 볼 때마다 제온은 마치 누군가 자신의 심장을 움켜쥐는 것 같은 기분을 느꼈다.

"여기 있는 모두를 내가 죽였어. 방금 전에. 내 손으로 모두 죽였어."

"조금 전에 베타도 봤어."

"아니, 밖에 있는 사람도 다 죽였어. 구덩이에 있는 클론 알파들도, 1번 구역에 있던 클론 베타들도 모두 죽였어."

소녀는 눈을 두세 번 깜빡인 다음 물었다.

"왜?"

"왜냐하면… 여기 있는 건 모두 잘못됐으니까."

"잘못되었다는 게 무슨 이야기인지 모르겠어."

"몰라도 돼. 잘못된 건 잘못된 거니까. 그리고 나도 잘못했어. 사실은 죽이면 안 됐어. 죽이면 안 됐는데……."

제온은 그 자리에 허물어지듯 무릎을 꿇었다.

그리고 소녀는 그런 제온을 말없이 한참 동안 바라보았다.

"역시 잘 모르겠어. 정보가 부족해. 하지만 베타는 알파의 뜻에 따르도록 만들어졌어."

"아……."

"그러니까 잘못되어서 죽였다는 건 아마도 옳을 거야. 그럼 베타도 알파에게 죽는 거야?"

"안 죽여!"

제온은 고개를 치켜들었다. 그리고 소녀의 어깨를 붙잡았다.

"안 죽여. 절대로 넌 안 죽일 거야."

"알았어. 고마워."

소녀는 표정 없는 얼굴로 제온에게 말했다.

"베타는 그런 걸 잘 못 느끼지만, 전에 실수해서 캄캄한 구덩이에 5일 동안 들어가 있을 때 기분이 안 좋았어."

"너……."

"죽는 건 그렇게 캄캄한 상태가 영원히 지속되는 거라고 생각해. 그래서 베타는 역시 죽는 게 조금 싫었어. 그러니까 알파가 죽이지 않아서 고마워."

"지금부터 알파라고 부르지 마."

제온은 소녀의 몸을 껴안았다. 그리고 번쩍 들어 안으며 몸을 일으켰다.

"난 제온이야. 제온이라고 불러."

"알았어, 제온."

"그리고 너도 더 이상 베타라고 하지 마. 그건 이름이 아니야."

"하지만 베타의 명칭은 베타라고 정해졌어. 연구원들이 모두 그렇게 불렀어."

"닥치라고 그래. 물론 내가 전부 입 닥치게 만들어 버리긴 했지만."

─제온, 요즘 말투가 너무 거칠어졌다고 생각 안 해? 나중에 우리 아이가 태어나서 배우면 어쩔 거야?

프로나의 목소리가 제온의 목을 잠기게 만들었다. 제온은 입술을 깨물며 자신이 안고 있는 소녀를 바라보았다. 그리고 울먹이는 목소리로 나지막하게 말했다.

"넌… 네 이름은 이제부터 마이야."

"마이?"

"그래, 마이. 좋은 이름이지?"

"잘 모르겠어. 하지만 알파가 좋다면 좋은 거라고 생각해."

"제온이라고 부르라고 했지?"

"미안해. 잘못했어."

마이는 고개를 떨어뜨리고 시선을 내리깔았다, 제온은 마치 검불처럼 가벼운 소녀를 꼭 껴안으며 고개를 저었다.

"아니야. 잘못한 거 없어, 마이. 앞으로 천천히 익숙해지면 돼."

"앞으로 마이는 뭘 하면 되는데?"

"글쎄… 뭘 하면 될까?"

제온은 소녀의 빨간 눈동자를 바라보며 생각했다. 지금 이 순간만큼은 자신이 어째서 극한의 오지를 뚫고 이 연구소에 들어왔는지조차 기억나지 않았다.

"일단 밖으로 나가면서 생각하자. 그리고 옷을 좀 챙기는 게 좋겠어."

"옷? 어째서?"

"밖은 춥거든. 하지만 걱정 안 해도 돼. 금방 따뜻한 곳으로 날아갈 테니까."

　제온은 웃으며 말했다. 마이는 잠시 동안 눈을 깜빡이다 이
내 고개를 끄덕였다.

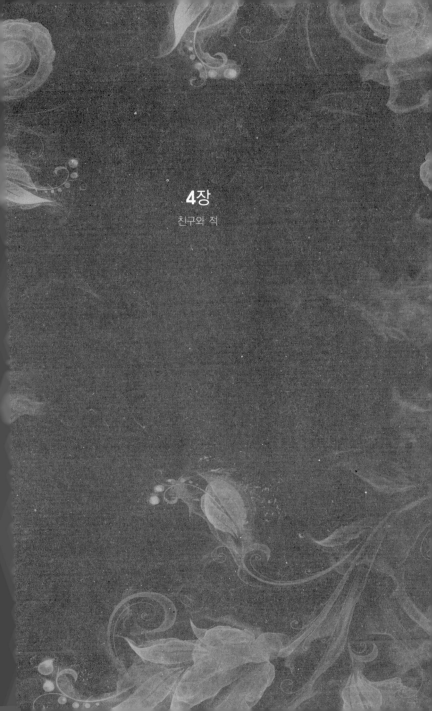

4장

친구와 적

　성의력 99년의 이른 봄. 유리언 대륙 북쪽의 이켈 지방에
정체를 알 수 없는 역병이 창궐해 수천 명의 토착민이 목숨을
잃었다.

　이켈은 북쪽에 있는 거대한 불모지인 마 대륙과 육로로 연
결된 유일한 지방이었다. 마도대전이 벌어질 때마다 전쟁의
최전선으로 바뀌어 인간과 마물의 시체가 산처럼 쌓였고, 전
쟁이 없을 때도 마왕의 지배에서 벗어난 마물들이 자주 출몰
해 무고한 희생자를 속출시켰다.

　이런 버려진 땅에 수만 명의 인간이 퍼져 살고 있는 이유는

복잡했다. 우선 각 국가에서 범죄자로 낙인이 찍힌 죄인들이 마지막으로 도착하는 장소였다. 왕족이나 귀족 중에 세력 쟁탈전에서 패한 자들이 자신의 일족을 이끌고 도망쳐 오기도 했고, 심각한 자연재해로부터 탈출한 피난민들이 대규모로 정착하는 일도 종종 있었다.

최근에는 가뭄으로 시달리던 레스톤 왕국에서도 수천 명의 백성이 나라를 떠나 이곳 이켈 지방에 자리를 잡았다. 비록 마물에 대한 위험에 노출되어 있다 해도 이곳에는 마르지 않는 두 개의 큰 강과 그럭저럭 비옥한 토지가 있었다. 최소한의 종자만 있으면 적어도 농사를 짓고 굶어 죽지는 않아도 되는 것이다.

이들은 국가에 속해 있지 않기 때문에 작은 마을 단위로 자치단체를 만들어 용병이나 떠돌이 마법사를 고용하는 것으로 마물에 대한 방비를 갖췄다. 하지만 용병은 고용해도 신전은 세울 수 없기 때문에 갑작스럽게 창궐한 정체불명의 역병에 속수무책으로 당할 수밖에 없었다.

덕분이 사상자가 수천에 이르렀지만 처음부터 이들은 유리언 대륙의 세력 구도에 들어 있지 않기 때문에 큰 재앙으로 치부되지 않았다.

그러나 세기말의 재앙은 이제 겨우 시작일 뿐이었다. 작년 여름, 초신수 아프레온의 축복을 통해 가까스로 가뭄에서 벗어난 레스톤 왕국은 99년 봄이 되자 도적단과의 전쟁이라는 새로운 국가적 위기 상황에 빠지게 되었다.

도적단의 이름은 '피의 고리단'이었다. 이들을 고작 도적단 따위라고 치부하던 레스톤 왕국은 두 차례의 전투에서 크게 패하고 발이 묶여 버렸다.

피의 고리단은 단순한 도적단이 아니었다. 오랜 가뭄으로 고통 받던 레스톤 왕국은 왕국의 존속을 위해 축적했던 모든 자원을 수도인 라기아 시티에 우선적으로 분배했다. 그리고 그 과정에서 버림받은 지방의 여러 영주가 서로의 생존을 위해 비밀리에 조작한 것이 바로 피의 고리단이었다.

즉, 이 도적단은 지방 영주들이 키우던 사병이나 마법사들로 채워져 있었다. 반면 레스톤 왕국의 가장 강력한 군사 조직인 '궁정 마도사단'은 부단장이었던 제온 스태틱이 사라진 이후로 급속도로 약화된 상태였다.

거기에 왕국에서 가장 유력한 마법사 가문인 화이트 가문의 당주인 코스크 화이트가 모든 활동을 접고 수도인 라기아 시티에서 사라져 버린 것이 치명타였다. 화이트는 자신의 유일한 자식이자 제온의 아내이던 프로나의 죽음에 돌이킬 수 없는 큰 충격을 받은 상태였다.

덕분에 화이트 가문에서 키워진 많은 마법사가 왕국을 등지고 당주와 함께 잠적해 버렸다. 전쟁에서 마법사의 역할은 절대적이었고, 레스톤 왕국군은 피의 고리단과의 전투에서 마력의 열세로 인해 패배를 겪을 수밖에 없었다.

그리고 재앙은 여기서 끝이 아니었다. 같은 기간, 서북쪽에 있는 알바스 고원지대에서도 엄청난 규모의 산불이 발생해 주변에 있는 작은 국가들이 심각한 피해를 입었고, 동시에 유리언 대륙 서쪽의 강국인 페슈마르 왕국에서도 수습이 곤란한 끔찍한 재앙이 터지고 말았다.

그 밖에도 크고 작은 재난이 대륙의 각지에서 속출했는데, 그중에서도 가장 거대한 재앙으로 주목받은 것은 바로 대륙 동쪽에 위치한 개척자의 도시 마요르에서 터진 사건이었다.

성의력 99년의 여름.

제3차 마도대전의 영웅이자 라이트닝(Lighting)으로 불리는 아크메이지인 제온 스태틱이 마요르를 습격했다.

제온은 마요르를 지키던 수백 명의 병사와 신관들을 무참히 학살했고, 기념신전에 안치되어 있던 '광검 베오르그'를 갈취해 도망쳐 버렸다. 이 참혹한 사건은 대륙에서 가장 강력한 조직인 신수교단을 광분 상태로 만들었고, 교황인 그랜트 3세의 이름 아래 대륙의 주요 인사들을 한자리에 모이게 하는 결과를 초래했다.

'마치 혼이 빠져나갈 것만 같군.'

네프카는 대리석으로 만들어진 테이블을 노려보며 졸음과 격렬한 싸움을 지속하고 있었다.

그가 아무리 잘 손질된 금발과 선이 굵고 남자다운 멋진 외모를 갖췄다 해도,

거기에 제3차 마도대전의 영웅이자 나인제로 몬스터즈의 일원이라 해도,

마법 중에 가장 흔한 화염계 마법을 쓰는, 모래알처럼 숱하게 많은 마법사 중에서도 유일하게 플레임(Flame)이라는 칭호로 불린다 해도,

심지어는 대륙에 단 여섯 명뿐인 아크메이지 등급의 마도사이자 동시에 대륙 서쪽의 최강국인 페슈마르 왕국의 국왕이라 해도,

그가 인간인 이상 수면이라는 본능적인 족쇄에서 해방되는 것은 불가능했다.

'지금 날 해방시켜 줄 수 있는 건 오직 침대뿐이다. 베개도, 이불도 필요 없어.'

마음 같아서는 당장 눈앞에 있는 대리석 테이블에 팔베개를 하고 눈을 감아버리고 싶었다. 그러나 그는 페슈마르 왕국의 국왕이었고, 지금 이 자리에는 각 지역과 조직의 대표라고 할 수 있는 자들이 모두 모여 있었다.

해상 교역으로 막대한 부를 쌓고 있는 알타 왕국의 섭정(攝政)인 테그리아 백작,

대륙 최대의 군사 국가인 타로스 왕국의 총사령관이자 왕제(王弟)인 아베론 후작,

대륙의 모든 마법사가 등록되어 있는 마법협회의 협회장인 이그니스,

그리고 마법협회의 하부 조직이긴 하지만, 사실상 독립적으로 대륙 최고의 인재들을 육성하고 있는 매직 아카데미의 총장인 샤리.

'이 안에 있는 사람들을 모두 제거하거나 내 편으로 만들 수 있다면 사실상 페슈마르 왕국이 대륙을 통일했다고 봐도 과언이 아니겠지.'

네프카는 졸음을 참기 위해 필사적으로 위협적이고 야망에 가득한 상상의 나래를 펼쳤다. 방 안의 다른 인물들은 모두 네프카의 무시무시한 표정과 기백에 압도되어 숨도 못 쉴 지경이었지만, 방 안에서 유일한 홍일점인 샤리만은 희미한 미소를 지으며 네프카를 바라보고 있었다.

─너 지금 졸려 죽겠구나? 표정만 봐도 다 알아.

─그래. 잠들지 않기 위해 필사의 투쟁 중이다.

—괴롭겠다. 그러니까 다른 사람을 보내지 왜 직접 오고 그 래?

　—나도 그러고 싶었지. 하지만 상황이 이런데 어떻게 직접 안 오겠냐?

　둘은 표정과 눈빛만으로 그런 대화를 나눌 수 있었다. 그것 은 두 사람이 4년 동안 함께 배웠고, 2년 동안 같은 전장에서 싸웠기 때문에 가능한 일이었다. 네프카는 검고 짧은 단발머 리에 보일 듯 말 듯한 묘한 미소를 짓고 있는 샤리의 새침한 얼굴에서 과거의 추억을 떠올렸다.

　'그때가 좋았지. 왕도 아니었고.'

　샤리는 바로 매직 아카데미의 동기이자 나인제로 몬스터 즈의 일원이다. 3차 마도대전이 끝난 다음 샤리는 그대로 매 직 아카데미에 남아 교수가 되었고, 작년 말에 모든 교수의 동의를 받아 2년 만에 아카데미의 총장이 되었다.

　100년에 달하는 매직 아카데미의 역사 중에 서른 살도 되 지 않은 젊은 마법사가 총장이 된 것은 최초이자 기적과도 같 은 일이었다. 하지만 그녀는 전쟁영웅이었고, 전쟁 후에도 아 카데미에 남았으며, 아카데미의 모든 교수를 능가하는 아크메이지 급의 마력을 갖추고 있었다.

하지만 그녀가 아카데미의 총장으로 추대된 가장 중요한 이유는 바로 아카데미에 있는 모든 교수가 바로 그녀의 부모와도 같은 존재였기 때문이다.

샤리는 고아였다.

그녀는 세 살 때부터 아카데미에 맡겨졌다. 상아탑에 인생을 바친 탓에 가정을 꾸리지 못한 아카데미의 모든 교수가 그녀를 자신의 딸처럼 애지중지하며 키웠다.

교수들은 그녀에게 자신들이 줄 수 있는 모든 것을 주려고 했기 때문에 아카데미의 총장은 어떻게 보면 샤리에게 있어 당연한 자리라고 할 수 있었다.

그때 방문이 열리고 두 명의 남자가 새롭게 회의실 안으로 들어왔다. 국왕인 네프카와 왕족인 아베론 후작은 그대로 자리에 앉아 고개만 끄덕였고, 테그리아 백작과 이그니스 협회장, 그리고 샤리는 자리에서 일어나 두 사람을 맞이했다.

"이런, 이런. 이렇게 모두 모여주시니 제 마음이 뿌듯하군요. 모두 잘 와주셨습니다. 제가 바로 추기경 다리우스입니다."

다리우스는 하얀 바탕에 네 마리의 초신수를 상징하는 바람개비 문양이 수놓아진 고위 신관의 복장을 입고 있었다. 항간에는 40대 후반이라고 알려져 있지만, 얼굴에 살이 팽팽하고 표정이 온화해서 10년은 젊어 보이는 외모를 가지고 있었다.

"소문을 듣긴 했지만, 예하께서는 직접 오시지 않는 건가?"

사자처럼 구레나룻을 기른 아베론 후작이 불만스런 얼굴로 다리우스를 향해 물었다. 다리우스는 만면에 웃음을 띠며 테이블 가장 상석에 앉은 다음 대답했다.

"교황 예하께서는 지금 요양 중이십니다. 안타깝게도 지병이 좀처럼 낫지 않으셔서서 말이지요."

"그것참 대단한 지병이군. 회복 마법을 독점하고 있는 신수교단에서조차도 고칠 수 없는 무시무시한 병이라는 말인가?"

아베론은 다분히 도전적인 말투를 사용했는데, 그것은 단순히 그가 회의실에서 신수교단의 대표자를 두 시간이나 기다렸기 때문이다. 그리고 그 두 시간 동안 졸음을 참기 위해 무시무시한 표정으로 자신과 싸움을 하던 네프카의 기백을 견디는 것도 참기 힘든 고역이었다.

"그에 관해서는 저도 무척 괴롭습니다만, 세상의 섭리께서 하시는 일을 저희들이 모두 헤아릴 수는 없는 노릇이지 않겠습니까? 부디 빠른 시간 내에 예하께서 쾌차하시기만을 기도

드릴 뿐입니다."

다리우스는 무난한 태도로 아베론의 말을 받아친 다음 가볍게 헛기침을 하며 자신의 옆에 서 있는 신관을 향해 손을 뻗었다.

"그러고 보니 소개가 늦었군요. 이쪽은 제가 아끼는 집행관인 체리오트라고 합니다."

"체리오트? 대집행관 말인가?"

아베론이 깜짝 놀라며 다리우스의 옆에 서 있는 남자를 노려보았다. 그는 하얀 가면으로 얼굴을 가리고 있었는데, 이내 붕대가 칭칭 감겨 있는 오른손을 들어 가면을 떼어냈다.

"체리오트라고 합니다. 어렵게 모여주신 모든 분에게 세상의 섭리께서 함께하시기를 기원합니다."

가면을 벗은 체리오트가 공손하게 허리를 숙이며 인사를 건넸다. 회의실에 있는 모두가 경직된 얼굴로 그의 얼굴을 바라보았다.

'굉장한 미남이라고 들었는데, 안타깝게 됐군.'

네프카는 체리오트의 얼굴을 보며 속으로 혀를 찼다. 형체를 알아보기 힘들 정도로 빨갛게 부풀어 오른 얼굴만으로도 끔찍했는데, 그 위로 마치 번개 줄기 같은 자국이 퍼져 있어 혐오감을 더욱 가중시키고 있었다.

'제온, 정말로 네가 저질렀구나.'

네프카는 심장이 빠르게 뛰는 것을 느꼈다. 체리오트의 몸에 남은 자국, 그것은 바로 제온이 사용하는 전격 마법의 후유증이었다.

다리우스는 웃음이 가득하던 얼굴에 약간의 긴장을 더하며 말했다.

"최근 들어 수많은 천재지변이 우리를 괴롭히고 있습니다만, 그중에서도 가장 끔찍한 사건이 바로 이것입니다. 모두들 익히 들어 알고 계시리라 믿습니다만……."

"제온 스태틱 말이군."

아베론은 다리우스의 말을 끊으며 불쾌한 표정을 지었다.

"항간에는 오직 신수교단만이 개척자들을 지원했다고 알려져 있지. 하지만 마요르가 탄생하는 데 가장 큰 공헌을 한 것은 우리 타로스 왕국이다. 마요르의 집과 도로와 성벽은 대체 누가 지원한 재료로 만들어졌다고 생각하는 건가?"

"당연히 알고 있습니다. 타로스 왕국의 지원 없이는 개척자의 도시도 없었겠죠."

"그렇기 때문에 우리 타로스 왕국은 마요르의 참극을 좌시할 수 없는 것이다. 하지만 신수교단은 우리 왕국에서 파견한 조사단을 현장에 들여보내지 않았지. 이게 말이 된다고 생각하나?"

"왕제 전하께서 기분이 많이 상하셨던 모양이군요. 일단 이 자리를 빌려 제가 사과드리겠습니다."

다리우스는 감정의 기복이 전혀 느껴지지 않는 얼굴로 고개를 숙여 보였다. 그리고는 다시 만면에 웃음을 지으며 말했다.

"사실 사건이 터진 직후 저희 교단에서 외부에 대한 대처에 미흡했던 것은 사실입니다. 아무래도 사상 초유의 일이니까요. 죽은 신관의 숫자만 백 명을 넘었기 때문에 다들 신경이 바짝 곤두서 있었던 모양입니다."

"흐음, 아무리 그래도 조사단을 돌려보낸 것은 과했다고 생각하네."

"이미 늦긴 했지만 후에 정식으로 사과 문서를 보내도록 하겠습니다. 지금부터 저희들이 논의해야 할 사항이 많이 있으니 부디 이 자리에선 왕제 전하께서 넓은 아량으로 눈감아 주시길 부탁드리겠습니다."

"그렇다면야… 더 이상 말하지 않겠네."

아베론은 떨떠름한 얼굴로 입을 다물었다. 그가 이번 사건으로 신수교단에 대한 타로스 왕국의 정치적인 입장을 강화하고 싶어하는 것은 명백했지만, 당장은 능구렁이 같은 다리우스의 반응에 좀처럼 기회를 잡지 못하는 것처럼 보였다.

"그럼 처음으로 다시 돌아와서, 저희 교단이 귀빈 여러분을 이 자리에 모을 수밖에 없었던 이유는 바로 그 이단에 대한 처우에 때문입니다."

"처우라고 해봤자 어차피 신수교단은 한번 이단으로 정해진 자는 세상의 끝까지라도 추격해 죽이는 게 관례 아니오? 굳이 이런 곳에 우리를 모아 시간 낭비할 필요는 없을 것 같소이다만."

그렇게 말한 것은 알타 왕국의 섭정인 테그리아 백작이었다. 다리우스는 수염이 하얗게 센 노령의 백작을 바라보며 역동적으로 고개를 끄덕였다.

"물론 백작 각하의 말씀이 지당하십니다. 하지만 이번엔 상대가 상대이니만큼 저희 교단에서도 신중을 거듭하지 않을 수가 없어서 말입니다."

"내부적인 지원을 요청하는 것이라면 서류로 요청해도 상관없었을 것이오. 물론 우리 알타 왕국은 언제나 신수교단의 의견을 존중하고 있소이다. 원하신다면 지금 당장에라도 본국에 사람을 보내 제온 스태틱에 대해 지명수배를 내리도록 하겠소. 본국 내에서 신수교단의 신관들에 대한 자유로운 행동 역시 보장하겠소이다."

"그렇게 해주시다면 더할 나위 없이 감사하겠습니다. 병환으로 자리에 나오시지 못한 교황 예하께서도 언제나 신수교단에 대한 알타 왕국의 헌신적인 협조에 감사해하고 계십니다."

다리우스는 정중하게 고개를 숙이며 감사의 뜻을 나타냈다. 하지만 다시 고개를 드는 그의 눈빛은 방금 전에 비해 조금 더 날카롭게 바뀐 상태였다.

"그러나 이 자리를 마련한 이유는 단지 그런 식으로 협조 요청을 드리기 위함만은 아닙니다."

'드디어 올 게 왔군.'

네프카는 긴장으로 졸음이 싹 달아나는 것을 느꼈다. 다리우스는 지금까지 아베론과 테그리아만을 상대로 이야기했지만, 실제로 그의 의식은 네프카와 샤리, 그중에서도 특히 네프카를 향해 집중되어 있었다.

"이단자인 제온 스태틱이 얼마나 강력한 힘을 가진 존재인지는 이 자리에 계신 여러분이 저보다도 더 잘 알고 계시리라 생각합니다. 특히 페슈마르 왕국을 다스리시는 여기 국왕 폐하께서는 다른 누구보다도 그 남자에 대해 잘 알고 계시겠죠."

"물론 잘 알고 있다."

네프카는 딱딱한 목소리로 대답했다. 지금부터는 나인제로 몬스터즈의 플레임이 아닌, 철저하게 페슈마르 왕국의 국왕으로서 사람들을 상대해야 했다.

"일단 페슈마르 왕국에 우환이 겹친 상황에 이렇게 교단의 요청을 받아 직접 왕림해 주신 것에 깊은 감사를 드립니다, 폐하."

다리우스는 새삼 예를 표하며 몸을 숙였다. 페슈마르 왕국은 최근 신수인 살라맨더(Salamanders)가 폭주한 탓에 범국가적인 재난을 겪었고, 동시에 영토 북쪽에 있는 화산이 폭발하는 바람에 수만 명의 이재민이 발생한 상태이다.

그 탓에 네프카는 국왕이라는 지위가 무색하게 밤낮을 가리지 않고 직접 발로 현장을 뛰며 사태 수습에 일조했다. 당장 신수교단의 중심부인 이곳 펠리스 시티에 오기 직전까지도 화산 지역에 출몰한 마물들을 상대하느라 조금도 쉬지 못한 상태였다.

"신하들이 워낙 유능한 덕분에 왕국에서 한가한 건 국왕인 나 정도다. 그리고……."

네프카는 눈을 감고 일부러 생각을 하는 듯 잠시 시간을 끈 다음 말을 이었다.

"펠리스 시티까지는 날아서 반나절이면 충분하다. 덕분에 오랜만에 옛 친구도 만나게 되었으니 신경 쓸 필요는 없다."

"과연… 마도대전의 영웅이신 네프카 폐하다운 호방한 말씀이십니다. 그러고 보니 여기 계신 샤리 총장님과 폐하께서는 오랜 친구 사이시군요. 사실 두 분 다 직접 오실 거라고는 기대하지 않았습니다만, 어쨌든 간에 저로서는 무척 반갑고 기쁜 일이라 아니 할 수 없습니다."

다리우스는 일부러 말을 돌리며 호들갑을 떨었다. 그의 속 마음이 훤히 들여다보았지만 일단 내색하지 않은 채 가만히 입을 다물었다.

"하지만 동시에 제 마음이 그저 편하지만은 않다는 사실도 말씀드리지 않을 수가 없군요. 이렇게 두 분을 동시에 보고 있는 제 마음이 말입니다."

"추기경님, 너무 돌려 말씀하실 필요는 없습니다."

그러자 샤리가 희미하게 웃으며 처음으로 입을 열었다.

"여기 계신 국왕 폐하와 제가 말씀하신 그 이단자와 친구 사이였다는 것을 모르는 사람은 없으니까요."

"나인제로 몬스터즈 말이군."

테그리아 백작이 가볍게 헛기침을 하며 중얼거렸다. 다리 우스는 매우 유감이라는 표정과 함께 고개를 위아래로 크게 끄덕였다.

"네, 그렇습니다. 총장님께서 제 답답한 마음을 대신 풀어 주셨군요. 사실 그 말씀을 드리기가 매우 힘들었던 게 사실입 니다. 단도직입적으로 말씀드리자면……."

"난 페슈마르의 국왕이다."

네프카는 박력 있는 얼굴로 다리우스를 노려보며 말했다.

"내게 있어 중요한 것은 페슈마르 왕국의 안녕과 번영이다. 제온이 아니라 그 이상의 존재라 해도 내게 있어 왕국의 이익을 해치는 자는 단지 배척해야 할 적에 불과할 뿐이다."

"훌륭하신 말씀이십니다. 바로 그 말씀을 듣고 싶었습니다."

다리우스는 만면에 미소를 지으며 고개를 끄덕였다. 그리고 다음으로 샤리를 향해 고개를 돌리며 말했다.

"과연 '그' 페슈마르 왕국을 짊어지신 국왕 폐하다운 말씀이십니다. 물론 매직 아카데미의 총장님도 저와 같은 생각이시겠지요?"

"안타깝지만 그렇다고 말씀드릴 수 없겠군요."

샤리는 차분한 얼굴로 고개를 저었다. 순간적으로 회의실 안에 적막이 감돌았고, 처음부터 계속 싱글벙글하던 다리우스의 얼굴에도 썰물처럼 웃음기가 빠져나갔다.

"지금 그 말씀은 총장님께선 그 이단자를 돕겠다는 뜻으로 받아들여도 되는 것입니까?"

처음 인사를 한 이래로 말없이 다리우스의 옆에 서 있던 체리오트가 입을 열었다. 목소리에 감정이 실려 있지 않아 더욱 위협적으로 느껴졌는데, 샤리는 이번에도 고개를 저으며 차분하게 대답했다.

"아니요. 그렇지 않습니다."

"그렇다면 어째서 그런 말씀을?"

"제가 말씀드리고 싶은 것은 매직 아카데미는 예전부터 그래왔고 앞으로도 계속 중립을 지킬 거라는 사실입니다."

"중립… 말씀이시군요."

표정이 사라져 버린 다리우스가 겨우 안색을 되찾으며 말했다. 샤리는 고개를 끄덕이며 자신의 옷깃에 있는 매직 아카데미의 문양을 손으로 쓰다듬었다.

"매직 아카데미는 그 어떤 차별도 편견도 없이 유리언 대륙에 살고 있는 모든 종족을 대상으로 입학생을 모집합니다. 그렇기에 대륙에 있는 그 어떤 국가나 세력 간의 분쟁에도 결코 개입하지 않습니다. 저희들이 행동에 나서는 것은 오직 마족들의 침략이 시작되었을 때뿐입니다."

"하지만 그 이단자의 행위는 그 어떤 마족보다도 잔악하고 파괴적입니다. 바로 그 자리에 있는 제가 누구보다도 확실하게 증명할 수 있습니다."

체리오트의 목소리에는 여전히 감정이 느껴지지 않았다. 하지만 전보다 더욱 붉게 달아올라 있는 얼굴색으로 볼 때 실제로는 대단히 흥분하고 있다는 것을 알 수 있었다.

"마요르에서 벌어진 일은 저도 무척 유감입니다. 하지만 제3차 마도대전에 직접 참전했던 입장에서 말씀드리자면, 제온 스태틱의 행위가 마족보다 잔악하고 파괴적이라는 좀 전의 이야기에는 동의할 수 없습니다."

샤리는 처음부터 할 말을 준비해 오기라도 한 듯 한 치의 흔들림도 없이 조분하게 말을 이어나갔다. 다리우스는 얼굴이 터질 것처럼 붉어진 체리오트 앞으로 손을 뻗으며 말했다.

"체리오트, 지금은 다시 가면을 쓰도록. 아무래도 여기 모이신 귀빈 분들께서 마음이 불편하신 것 같네."

"…명에 따르겠습니다, 추기경님."

미세하게 떨리는 목소리에서 분노가 느껴졌다. 체리오트는 손에 쥐고 있던 가면을 다시 쓰고는 한 발 뒤로 물러났고, 다리우스는 깍지 낀 양손을 테이블 위에 올려놓으며 샤리를 향해 말했다.

"중립을 지키고자 하는 아카데미의 입장은 충분히 이해했습니다. 하지만 여기서 한 가지 중대한 정보를 말씀드리자면, 당시 마요르에 있던 목격자 중에 제온 스태틱이 마족과 결탁했다는 증언이 나왔습니다."

"마족이라면 검은 드레스를 입은 뱀파이어 말인가요?"

"알고 계셨습니까? 대체 어떻게…….."

"저도 나름대로의 소식통을 가지고 있습니다. 물론 신수교단 여러분의 그물처럼 촘촘한 정보망에 비할 바는 아니지만요."

샤리는 다리우스의 놀란 얼굴을 보며 빙긋 웃어 보였다.

"놀라셨나요? 사실 전 그 뱀파이어의 정체까지도 알고 있습니다. 그녀는 리비스입니다."

회의실 안에 순간 정적이 감돌았다. 샤리는 잠시 동안 예상한 반응을 즐기며 말을 이었다.

"신수교단이 지정한 3대 마왕 중 하나이자 모든 뱀파이어의 여왕인 바로 그 리비스 말입니다. 블러드 로드(Blood lord)나 원더러(Wanderer)로 불리기도 하지만, 가장 흔한 명칭은 그냥 퀸(Queen)이죠. 그것은 단지 그녀가 뱀파이어의 여왕이라서가 아니라 먼 옛날 그녀가 아직 인간이었을 당시……"

"잠시 기다려 주십시오. 총장님께서 굳이 설명해 주시지 않아도 리비스가 어떤 마족인지 모르는 사람은 아무도 없습니다."

다리우스는 난처한 표정을 애써 감추며 샤리의 말을 끊었다. 반면 샤리는 저들이 실제로는 제논과 접촉했던 마족이 리비스라는 사실을 이미 알고 있다고 결론을 내렸다.

'리비스는 신수교단이 제거해야 할 리스트 중에 가장 꼭대기에 있는 존재니까. 제온을 처단하려고 하는 지금, 리비스에

대한 문제가 터지면 일이 복잡해질 거라고 생각한 거겠지.'

그리고 상대의 약점을 노리는 것이 바로 그녀의 주특기였다. 샤리는 이해할 수 없다는 표정을 지으며 다리우스를 향해 포문을 열었다.

"그렇다면 어째서 그런 이야기를 꺼내신 건가요? 리비스는 3차 마도대전 당시에도 제온을 끈질기게 습격한 경력이 있습니다. 아시다시피 제온과 리비스가 당시에 수차례나 격렬한 전투를 벌인 것은 전쟁사에 기록으로도 남아 있을 정도로 유명한 이야기입니다. 물론 저를 비롯해 여기 계신 페슈마르의 국왕 폐하께서도 직접 눈으로 목격하신 일이고 말입니다."

"난 그 마족과 직접 싸운 적도 있다. 기억하기도 싫은 과거지."

네프카는 일부러 불쾌한 표정을 지으며 대꾸했다. 다리우스는 난감한 표정에 억지로 미소를 지으며 양팔을 쭉 펼쳐 보였다.

"자자, 물론 저도 알고 있습니다. 리비스와 제온 스태틱이 숙적이었다는 사실은 유명하죠. 하지만 그건 어디까지나 과거의 일, 세상의 섭리를 저버리고 이단이 된 그 남자가 과거의 적과 손을 잡는다는 것도 충분히 있을 법한 이야기 아닙니까?"

"물론 가능성이 제로는 아닙니다만, 증거가 없는 이상 뭐라 단정 지을 수는 없는 이야기입니다. 아니면 혹시 추기경께서는 확실한 증거를 확보하신 건가요?"

"그런 건 아닙니다만… 음, 아무튼 말씀은 잘 알겠습니다. 어디까지나 중립을 지키려 하시는 총장님의 단호한 태도에 감복했습니다. 하지만 다른 한편으로는 총장님께서 마치 그 이단자를 열성을 다해 변호하는 것 같은 느낌도 드는군요. 역시 친구는 어쩔 수 없다 이건가요?"

"전 그저 사실을 말씀드렸을 뿐입니다. 만약 제온 스태틱이 마족과 결탁했다는 확실한 증거를 확보하신다면 가장 먼저 저희 아카데미에 그 증거를 제출해 주시기 바랍니다. 가장 먼저 앞장서서 그 남자를 토벌하는 데 전력을 쏟아부을 것을 약속드립니다."

샤리는 빙긋 웃으며 입을 다물었다. 뒤쪽에 있는 체리오트가 마치 협박이라도 하듯 손에 낀 반지를 계속 만져댔지만 샤리는 저들이 이 자리에서 결코 손을 쓰지 못한다는 사실을 확신하고 있었다.

"…알겠습니다. 부디 그런 날이 찾아오도록… 저희 교단에서 전력을 다해 증거를 수집하도록 하겠습니다."

다리우스는 마치 없는 증거라도 만들어낼 것처럼 말한 다음 이번에는 아베론을 향해 시선을 돌리며 물었다.

"그럼 이번에는 타로스 왕국의 의사를 물어도 괜찮을는지요?"

"의사? 물론 우리 왕국은 제온 스태틱을 처벌하기 위해 필요한 모든 조취를 취할 것이다."

"감사한 말씀입니다. 하지만 실례를 무릅쓰고 말씀드리자면, 저희들은 이번에 이단자를 처단하기 위해 대규모의 토벌단을 조직할 생각입니다."

"토벌단?"

"그렇습니다. 그것을 위해 타로스 왕국에 협조를 요청 드리고 싶습니다."

"협조라니, 정확히 무엇을 말인가?"

"그것은……"

다리우스는 잠시 뜸을 들인 다음 미소를 지으며 말했다.

"바로 크롬 나이트(Chrome knight)를 저희 토벌단에 합류시켜 주시길 바랍니다."

"크롬 나이트를?"

아베론은 노골적으로 불쾌감을 드러냈다. 크롬 나이트는 타로스 왕국이 자랑하는 기사단으로, 마법사가 힘의 정점에 위치한 유리언 대륙에서 보기 드물게 활약하고 있는 비(非)마법 군사 집단이었다.

"아무래도 상대가 상대이니 말입니다."

"하지만 크롬 나이트는······."

"타로스 왕국의 입장에서도 손해 보는 일만은 아닐 거라고 확신합니다. 우선 세상의 섭리를 보호한다는 명분이 생기고, 보기보다 저평가된 크롬 나이트의 명성을 온 대륙에 떨칠 기회도 될 거라고 생각합니다. 물론 안티 매직 나이트(Anti magic knight)라는 크롬 나이트의 기본 개념을 구상하고 구현하신 왕제 전하의 높으신 식견에도 많은 이가 찬사를 아끼지 않겠지요."

다리우스는 교묘한 화법으로 상대가 도저히 거절하기 힘들도록 만들었다. 아베론은 눈살을 찌푸린 채 손으로 턱을 짚고 잠시 동안 생각에 잠겼다.

"···하지만 크롬 나이트는 실제로 운용하는 데 있어 수고가 많이 드네. 토벌단이 이 대륙 전체를 누비고 다닐 거라면······."

"비용 문제라면 조금도 걱정하실 필요가 없습니다. 무엇보다 크롬 나이트의 기본 장비인 성법기를 만들어 제공하는 것이 바로 저희 신수교단이 아닙니까?"

"그렇다면··· 음, 알겠네!"

아베론은 마음을 굳힌 듯 테이블을 손바닥으로 내려치며 말했다.

"크롬 나이트 30기를 토벌대에 합류시키도록 하겠네. 필요

한 건 그걸로 충분한가?'

"더할 나위 없이 충분합니다. 교황 예하께서도 왕제 전하의 믿음과 헌신에 크게 감사하실 겁니다."

다리우스는 흡족한 표정으로 답하며 이번에는 알타 왕국의 섭정인 테그리아 백작을 바라보았다.

"실은 알타 왕국에도 특별히 요청 드리고 싶은 일이 있습니다."

"병력이 필요하다면 얼마든지 제공하겠소. 혹시 윈드브레이커(Wind breaker)를 토벌단에 합류시키길 바란다면 국왕 폐하의 인가 없이도 내 개인인적 재량으로 처리할 수 있소이다."

윈드브레이커란 알타 왕국이 자랑하는 질풍계 마법을 주력으로 다루는 마법사 집단이었다. 하지만 다리우스는 고개를 저으며 말했다.

"더없이 감사한 말씀입니다만, 저희가 요청 드리고 싶은 것은 바로 배입니다."

"배?"

"빠르게 대해를 누빌 수 있는 선박이 필요합니다. 이단자가 어느 깊숙한 섬에 숨어들어 갈지 모르는 일이니까요."

'섬이라니… 역시 그쪽도 염두에 두고 있었군.'

네프카는 다리우스의 말에 짚이는 것이 있었지만, 특별히 내색은 하지 않고 천천히 눈을 감았다.

바로 나인제로 몬스터즈의 멤버 중에 고향이 대륙에서 멀리 떨어진 섬인 인물이 있는 것이다. 테그리아는 다리우스의 요청이 무척 마음에 드는 듯 하얗게 센 수염을 연신 쓰다듬으며 고개를 끄덕였다.

"물론 우리 알타 왕국이 배 하나는 끝내주지. 알겠소이다. 군함으로 세척 정도면 되겠소이까? 그 정도면 내 선에서 알아서 처리할 수 있으니 말이오."

"실은 쾌속선으로 여덟 척이 필요합니다."

"여덟 척?"

테그리아는 짐짓 놀란 표정을 지으며 되물었다. 다리우스는 샤리와의 논쟁은 언제 그랬냐는 듯 처음과 똑같이 얼굴 가득 웃음을 지으며 고개를 끄덕였다.

"바다의 제왕인 알타 왕국이 아니면 이런 부탁도 드리지 못할 것입니다. 물론 빌린 배는 토벌이 끝나면 저희 신수교단이 책임지고 깨끗이 수리하여 돌려드리도록 하겠습니다."

"흐음, 알겠소이다. 우리 백작가에 소속된 상선을 따로 수배하도록 하지. 크기는 군함에 비해 조금 작지만 속도는 무척 빠른 배라오."

"전적으로 백작 각하를 믿고 맡기도록 하겠습니다. 그러고 보니 남쪽의 아단 열도(列島)에 파견된 저희 신관들이 우연한 계기로 신수석(神獸石)의 광맥을 발견했다고 하더군요."

"신수석 광맥? 그게 정말이오?"

"물론 정말입니다. 당장은 현지의 인부 고용 문제라던가, 교역 문제가 있어 채굴은 요원한 듯합니다만, 이번에 제가 특별히 교황 예하께 청을 올려 모든 사업을 알타 왕국에 일임하는 쪽으로 움직여 볼까 하고 있습니다. 물론 백작 각하께서 승낙하신다면 말씀입니다."

신수석은 성법기의 재료로 필요한 핵심적인 광물이다. 품질에 따라 차이가 있지만 작은 구슬만 한 크기의 돌이 저택한 채보다 비싼 경우도 허다했다.

"승낙하다마다! 일이 성사되면 고작 배 몇 척이 대수겠소?"

테그리아는 눈에 불을 켜며 대답했다. 너무도 노골적으로 주판을 두드리는 듯한 발언에 다리우스는 급히 손사래를 치며 분위기를 수습하기 시작했다.

"아니, 이건 그런 게 결코 아닙니다. 어디까지나 저는 풍부한 재력과 교역 능력을 갖춘 알타 왕국에 이번 사업에 적임일 것 같아 그런 말씀을 드린 겁니다. 부디 타로스 왕국이나 페슈마르 왕국이 이 일로 인해 불편함을 느끼시지 않으시길 바랍니다."

다리우스는 마치 말을 잘못 꺼낸 것처럼 쩔쩔맸지만, 네프카는 그 모든 게 교묘하게 계획된 연극이라는 기분을 지울 수가 없었다.

그 어떤 명분을 내세운다 해도 결국 국가는 자국의 이익을 추구하는 이기적인 집단에 불과하다. 반면 신수교단은 모든 국가가 침을 흘리며 달려들 수밖에 없는 다양한 재화를 가지고 있었다.

─우리가 필요한 것을 내놓아라. 그럼 너희도 큰 부를 얻을 것이다.

다리우스의 우스꽝스러운 행동에 담겨 있는 속뜻은 바로 이것이었다.

하지만 그것은 결코 비난받을 일이 아니었다. 성법기의 독점 생산과 신앙심을 무기로 대가 없이 원하는 것을 얻어낸다면 열국의 반발을 사겠지만, 신수교단은 적어도 받는 것만큼 돌려주겠다는 윈윈 정책을 쓰고 있는 것이다.

그리고 네프카 역시 실은 신수교단에게서 얻어내고 싶은 것이 하나 있었다.

"…그런 의미에서 페슈마르의 국왕 폐하께 지원을 요청하기에 앞서 먼저 선물로 드리고 싶은 것이 있습니다."

다리우스는 마지막으로 네프카를 보며 미소를 지었다. 네프카는 자신의 생각을 읽힌 것 같아 뜨끔했지만 겉으로 내색하지는 않았다. 국왕이라는 자리는 마음을 겉으로 드러내지 않는 수련을 쌓기에 최고로 적합한 자리였다.

"선물?"

"그렇습니다. 이것은 폐하께서 영원히 짊어지신 명예로운 의무에 조금이라도 도움이 되고자 준비한 선물입니다. 결코 지금부터 부탁드릴 요청에 대한 대가가 아니라는 것을 알아주셨으면 감사하겠습니다."

"무슨 선물인가?"

"태양의 망토입니다. 혹시 들어보셨는지 모르겠습니다만… 저희 신수교단이 만든 단 하나뿐인 성법기입니다."

"태양의 망토라……."

네프카는 짧게 대답한 다음 숨을 깊게 들이마셨다.

들어보지 않은 정도가 아니다. 그것이야말로 네프카에게 있어 다른 그 무엇보다 필요한 물건이었다.

페슈마르 왕국의 중심부에는 '레기스크'란 이름의 거대한 화산이 존재했다.

오랜 화산 활동으로 주변의 토지는 더할 나위 없이 비옥했다. 그러나 비옥한 땅에서 안정적으로 농사를 짓기엔 수십 년

주기로 크고 작은 폭발을 거듭하는 레기스크 산의 불안정한 상태가 문제였다.

그리고 지금으로부터 300여 년 전, 레기스크 산이 대폭발을 일으키며 인근에 있는 모든 마을과 도시를 쑥대밭으로 만들었다.

전설적인 화염술사로 이름 높은 디제는 이 폭발로 인해 자신이 태어난 고향과 가족을 잃었다. 그는 괴로워했고, 다시는 이런 고통을 받는 사람들이 나오지 않기를 원했다.

그러나 최강의 마도사라 해도 결국 인간의 힘으로 대자연의 재해를 막는 것은 무리였다. 오랫동안 방법을 강구한 디제는 결국 바다를 건너 남쪽 끝에 있는 빙하의 대륙을 향한 목숨을 건 모험을 떠났다.

그의 목표는 바로 신수 '파이파' 였다.

세상의 섭리라 불리는 네 마리의 초신수를 제외하고도 세상엔 다양한 힘과 능력을 가진 수많은 신수가 존재했다.

그중에서 파이파는 인간들이 정한 신수의 등급 중에 최고인 'A' 등급의 신수였다. 그리고 그 정체는 영원히 죽지 않는 피닉스, 그중에서도 냉기의 지배자인 아이스 피닉스(Ice phoenix)였다.

긴 모험 끝에 결국 디제는 빙하의 대륙에 있는 파이파의 둥지를 찾았다. 그리고 신수에게 자신의 소원을 말했다.

─당신의 거처를 레기스크 산으로 옮겨주십시오. 그래서 그 영원한 냉기의 마력으로 레기스크 산의 화산 폭발을 영원히 막아주시기 바랍니다.

투명한 얼음 조각처럼 보이는 거대한 피닉스는 만약 자신과 싸워 승리한다면 한 가지 조건을 걸고 디제의 소원을 들어주기로 약속했다.

디제는 목숨을 걸고 파이파와 승부를 벌였고, 결국 A등급의 신수를 상대로 승리를 거둔 최초의 인간이 되었다.

파이파는 약속대로 자신의 거처를 레기스크 산으로 옮겼다. 그러나 디제 역시 레기스크 산을 떠날 수 없는 몸이 되었다.

─만일 네가 날 이긴다면 난 그때부터 레기스크 산의 분화구 속에서 살도록 하겠다.

─내가 그곳에 있는 한 화산이 폭발하는 일은 결코 없을 것이다.

─그러나 조건이 하나 있다.

─누군가 나와 다시 싸워야 한다.

─일 년에 한 번씩.

―지금처럼 단 한 명만이 날 찾아와야 한다.

―그자가 다시 날 이기면 난 또 다음 일 년을 그곳에 머물 것이다.

―만약에 그자가 패배하면 난 그곳을 떠나 이곳으로 돌아오겠다.

바로 그것이 파이파가 레기스크 산에 거처를 옮기는 조건 이었다.

문제는 세상에 혼자서 파이파를 상대로 승리할 수 있는 인간은 오직 디제뿐이라는 사실이다.

만약 디제에 필적하는 마도사가 나타난다 해도 문제였다.

그가 과연 목숨을 걸고 파이파를 상대로 싸워줄 것인가?

한 번의 패배도 용납되지 않는 그 싸움에서 과연 자신의 모든 역량을 쏟아부어 승리를 얻어낼 수 있을 것인가?

그렇기 때문에 디제는 레기스크 산을 떠날 수가 없었다. 그는 산 주변에 거처를 마련한 다음 1년에 한 번씩 모든 것을 건 전투를 반복해야만 했다.

그러나 직접 싸우는 자는 한 명이라 해도 그 한 명을 돕기 위해 수십, 수백의 사람이 모이기 시작했다.

부유한 자들은 디제를 위해 의식주를 비롯한 모든 물자를 지원해 주었다.

마력을 가진 자는 디제가 더 강해질 수 있도록 몸 바쳐 그의 훈련을 도와주었다.

그리고 돈도 마력도 없는 자들은 스스로 병사가 되어 디제의 집과 레기스크 산을 호위하기 시작했다.

그것이 바로 페슈마르 왕국의 시작이었다.

모든 사람이 자신의 모든 것을 바쳐 싸우는 디제를 존경하고 섬겼다. 디제는 왕이 되었고, 주변의 작은 나라들은 스스로 고개를 숙여 페슈마르 왕국의 제후국(諸侯國)으로 들어가는 것을 영광으로 여겼다.

디제는 싸우는 왕이 되어 이후 33년 동안 파이파를 상대로 승리를 거뒀다.

하지만 디제가 영원히 전설로 남을 마도사라 해도 결국 인간인 이상 시간의 힘에는 당해낼 수 없었다. 디제는 점점 기력이 떨어졌고, 해가 지날수록 파이파를 상대로 승리를 거두는 것이 버거워지기 시작했다.

그리고 그가 65세가 되던 해.

혼신의 힘을 다해 파이파를 쓰러뜨린 디제는 얼굴 반쪽과 오른쪽 팔을 잃는 치명적인 부상을 당했고, 결국 그해를 넘기지 못하고 죽음을 맞이했다.

온 왕국이 슬픔과 애도의 물결에 휩쓸린 가운데, 왕위를 이은 것은 디제의 차남인 18세의 이슈마르였다. 세 살 위의 장남이 있는데도 차남인 그가 왕위를 이은 이유는 그가 아버지가 가지고 있던 강력한 마도사의 피를 물려받았기 때문이다.

페슈마르 왕국에서 국왕이 된다는 것은 결국 새로운 전사가 되어 파이파를 쓰러뜨려야 하는 존재가 되었다는 것을 의미했다. 이슈마르는 이미 어린 시절부터 자신의 힘과 의무를 받아들였고, 최고의 재능에 필사의 노력을 더해 이미 당대 최고의 마도사 반열에 오른 상태였다.

국왕이 된 이슈마르는 55세가 될 때까지 자신의 왕국을 수호했다. 그리고 여섯 번째 아들인 아델트에게 왕위를 물려주었다.

그나마 여섯 번째라도 페슈마르 왕국을 지킬 수 있는 재능이 태어난 것이 다행이었다. 아델트는 당시에 설립된 마법협회로부터 '아크메이지'의 칭호를 얻은 상태였고, 이후 페슈마르의 국왕이 되기 위해서는 최소한 아크메이지 등급의 마도사여야 한다는 불문율이 세워지게 되었다.

그리고 현재.

페슈마르 왕국의 국왕은 대륙에 여섯 명밖에 존재하지 않는 아크메이지인 네프카였다. 하지만 그라는 존재를 얻기 위해 페슈마르의 전 국왕은 무려 여섯 명의 부인으로부터 총 스물한 명의 자식을 낳게 해야 했다.

―걱정하지 말고 다녀와라. 네가 매직 아카데미를 졸업할 때까지 난 죽는 한이 있어도 이 왕국을 지켜낼 것이다.

네프카는 불현듯 전대 국왕의 목소리를 떠올렸다.

그는 네프카에게 있어 결코 좋은 아버지는 아니었다. 그러나 네프카는 아버지를 존경했다. 그토록 막중한 짐을 혼자서 짊어졌으면서도, 수많은 마도사 가문의 딸들을 후비로 받아들인 덕분에 그녀들의 가문에 의한 엄청난 알력다툼에 시달렸으면서도 그는 끝까지 국왕으로서 자신의 임무를 성실하게 수행했다.

그런 국왕이 2년 전 세상을 떠난 이유는 3차 마도대전이 터지는 바람에 네프카가 2년 늦게 고국으로 돌아왔기 때문이다.

자신의 힘을 누구보다 잘 알고 있던 국왕은 자신이 52살이 될 때까지는 아슬아슬하게 파이파를 상대로 이길 수 있을 거라고 판단했다. 그러나 예상과는 달리 네프카는 2년 후에 돌아왔다.

국왕은 54살의 나이로 파이파를 잡아낸 다음 바로 그날을 넘기지 못하고 숨이 끊어졌다. 고국으로 돌아온 네프카는 아버지의 죽음을 슬퍼할 새도 없이 곧바로 페슈마르 왕국의 국왕이 되었다. 그리고 3년이 지난 지금까지 국왕으로서의 책무를 무사히 수행하고 있었다.

'지금까지는 무사히 파이파를 쓰러뜨렸지만……'

네프카는 표정을 드러내지 않기 위해 입안으로 혀를 깨물었다. 다리우스가 말한 태양의 망토란, 약간의 마력만으로 얼음 계열의 모든 마법에 강력한 역장을 펼쳐주는 성법기였다.

'태양의 망토가 있으면 파이파와 싸울 때 엄청난 도움이 된다. 지금처럼 한계까지 아슬아슬하게 몰리지 않아도 이길 수 있어.'

아이스 피닉스인 파이파의 문제는 언제나 자신의 주위에 인간을 즉사로 몰아넣을 수 있는 냉기 지역을 만들고 있다는 것이다.

덕분에 파이파와 싸울 때는 기본적으로 냉기를 막을 수 있는 역장을 펼쳐야 했다. 이것만으로도 소모되는 마력이 엄청났기 때문에 만약 태양의 망토를 손에 넣는다면 파이파와의 전투가 한결 수월해질 것이 분명했다.

"저희 신수교단은……."

다리우스는 자신의 말을 강조하기 위해 5초 정도 말을 끊고 네프카를 응시했다.

"언제나 왕국을 위해 몸 바쳐 싸우는 페슈마르의 역대 국왕들에 대해 깊은 경외심을 가지고 있습니다. 그래서 조금이라도 도움이 되고자 오랫동안 특별한 성법기의 제작에 고심했고, 최근에 와서 결국 태양의 망토가 만들어진 것입니다."

'웃기는군. 10년도 전에 이미 완성시킨 주제에.'

네프카는 무표정한 얼굴로 다리우스를 노려보았다. 신수교단이 강력한 냉기 저항력을 가진 성법기를 제작하고 있다는 소문은 오래전부터 있었다. 그리고 10여 년 전, 페슈마르 왕국은 다양한 정보망을 통해 신수교단이 이미 '태양의 망토'라 불리는 성법기를 완성했다는 정보를 입수했다.

그러나 정보는 정보일 뿐이었다. 페슈마르 왕국은 신수교단 측에 태양의 망토가 가진 정확한 능력에 대한 공개와 양도를 부탁했지만, 신수교단 측은 그 어떤 질문이나 요청에도 노코멘트로 일관했다.

만약 5년 전쯤이라도 태양의 망토를 페슈마르 왕국에 양도했다면 전대 국왕은 목숨을 부지한 채 무사히 왕위를 내려놓을 수 있었을 것이다. 그것이야말로 네프카가 신수교단을 증오하는 가장 중요한 원인이었다.

그러나 증오가 결실을 맺기엔 짊어진 책임감이 너무도 컸다. 네프카는 지금까지 파이파와 두 번의 혈전을 벌였고, 두 번 모두 한계까지 가는 아슬아슬한 전투 끝에 승리를 거뒀다.

하지만 내년도 똑같이 이길 수 있을까?

그 다음 해는? 그리고 또 그 다음 해는?

"…태양의 망토에 대한 이야기는 소문으로 들었다. 실제로 소문만큼의 효과를 가지고 있는 성법기인가?"

"폐하께서 어떤 소문을 들으셨는지는 모르겠으나, 신수교단의 명예를 걸고 폐하의 외로운 투쟁에 큰 도움이 될 것이라 확신합니다."

다리우스는 웃으며 말했다. 그는 아무 대가 없이 태양의 망토를 주겠다고 말했지만 네프카는 결코 그 말을 믿지 않았다.

정치의 세계에 공짜는 없다.

진정 대가 없이 줄 것이었다면 처음 개발을 끝낸 10년 전에 넘겨주었을 것이다. 그들은 끝이 얼마 남지 않은 옛 국왕에게는 관심이 없었다. 다음 왕위를 차지할 새로운 국왕에 대한 영향력을 발휘하기 위해 일부러 공표를 미루고 지금까지 시간을 끈 것이다.

'지금 당장 저놈을 잿더미로 만들고 싶군.'

표정의 변화 없이 분노를 참기 위해선 엄청난 인내심이 필요했다. 왕위에 오른 순간, 그는 더 이상 '네프카'라는 이름을 가진 독립된 존재가 아니었다. 그의 말과 행동 하나하나에 페슈마르 왕국 전체의 존폐와 안녕이 달려 있는 것이다.

'이런 생각을 하는 것만으로도 미안하지만, 제온, 난 지금

진심으로 네가 부럽다.'

네프카는 벌써 몇 년 동안 만나지 못한 제온을 떠올렸다. 그는 자신이 가진 모든 것을 내던진 채 초신수와 신수교단에게 선전포고를 던졌다. 전쟁은 이제 막 시작되었고, 모두의 적이 된 제온은 상상도 할 수 없을 만큼 엄청난 피를 대륙에 뿌려댈 것이다.

그러나 네프카는 자신이 짊어진 것을 결코 버릴 수가 없었다. 그가 앉은 왕좌에는 역대의 모든 국왕이 모든 것을 걸고 지켜온 수백 년의 시간이 새겨져 있었다.

그 시간이 의미하는 것은, 현재 페슈마르 왕국에 살고 있는 수백만 명의 백성의 삶과 행복이다.

오랜 화산 활동으로 형성된 비옥한 대지는 백성들에게 풍요와 번영을 약속해 주었다. 거기에 페슈마르의 백성들은 전란에 대한 공포에 시달릴 필요도 없었다. 그 어떤 국가나 세력도 페슈마르 왕국을 상대로 싸움을 거는 멍청한 짓은 하지 않는다. 만에 하나 그 땅을 빼앗는다 해도 1년에 한 번씩 벌어지는 아이스 피닉스와의 전투에서 패배하면 모든 것이 물거품으로 돌아가기 때문이다.

'제온……'

네프카는 제온을 떠올리며 눈을 감았다.

그들은 친구였다.

그것도 평생 동안 두 번 다시 얻지 못할 그런 친구였다.

매직 아카데미에 입학할 당시, 네프카는 이미 모든 열정을 잃은 상태였다.

어차피 자신은 대륙에서 가장 강력한 마력을 가지고 있으며, 평생 동안 파이파리는 이름의 괴물을 상대로 왕국을 지킬 전투 기계 같은 인생을 살게 될 것이 뻔했기 때문이다.

그러나 놀랍게도 아카데미에는 자신에 필적하는 능력을 가진 학생이 있었다. 그는 학년 초에 치러진 모든 테스트에서 네프카와 비슷하거나 오히려 네프카를 능가하는 성적을 보여 주었다.

그가 바로 제온이었다. 네프카는 제온의 존재에 자극을 받으며 꺼져가던 열정을 되살릴 수가 있었다.

제온과의 경쟁은 즐거웠다. 비록 그가 시체처럼 삭막한 표정에 아무런 감정을 표현하지 않는 인형 같은 존재였다고 해도 네프카는 그와 개인적으로 친해져서 대화를 나누고 싶었다.

─아카데미를 졸업하면 난 왕이 될 거야. 그리고 평생 동안 파이파와 싸워야 해.

─물론 자신은 있어. 하지만 한 번이라도 지면 모든 게 끝장이야.

—내가 지면 페슈마르 왕국이 지금까지 쌓아온 모든 것이 물거품이 돼.

—과연 내가 그 압박을 이겨낼 수 있을까?

네프카는 그런 이야기를 하고 싶었고, 그런 이야기를 함께 나눌 친구를 사귀고 싶었다.

그래서 레스톤 왕국의 유명한 마도사 가문인 화이트 가문의 무남독녀인 프로나가 먼저 다가와 제온을 소개시켜 줬을 때, 네프카는 그야말로 가슴이 뛸 정도의 기쁨을 느꼈다.

프로나의 고모가 바로 네프카의 어머니였기 때문에 두 사람은 공통적인 화제를 가지고 쉽게 대화를 나눌 수 있었다. 정작 제온은 한참 동안 두 사람의 대화에 끼어들지 않고 조용히 앉아 듣고 있을 뿐이었지만, 네프카는 적극적으로 제온에게 질문과 대답을 유도했다.

처음에는 쉽지 않았다. 제온과 이야기를 하는 것은 마치 석상을 상대로 대화하는 것과 비슷했다.

대화는 마치 유리언 대륙의 공용어를 처음 배운 외국인을 상대하는 것처럼 답답하게 진행됐다. 네프카가 10분 정도 떠들면 제온이 '응' 이라든가, '그렇구나' 라고 한마디 대답하는 식이었다.

다행히 시간이 지날수록 제온의 말수는 조금씩 늘었다. 딱

딱하던 얼굴도 희미하게나마 인간다운 표정을 짓기 시작했고, 네프카는 그것이 자신에게 마음을 열며 친구가 되는 과정이라고 생각하며 무척 흐뭇해했다.

한참 나중이 돼서야 당시의 제온이 왜 그렇게 반응했는지 알게 되었다. 제온이 말해준 제온의 과거는 충격적이었지만, 그가 그런 과거를 가지고 있기 때문에 네프카 역시 자신이 품고 있던, 누구에게도 차마 말할 수 없던 고민과 두려움을 제온에게 털어놓을 수 있었다.

말하자면, 제온은 네프카가 유일하게 자신의 약한 모습을 보일 수 있는 친구였다.

그것은 정말로 중요한 일이었다. 네프카는 걸음마를 떼었을 시절부터 파이파를 쓰러뜨릴 미래의 국왕으로 칭송받았다. 자신의 운명을 깨달은 순간, 그는 결코 약한 소리를 하거나 누군가를 의지할 수 없는 존재가 되어버린 것이다.

즉, 네프카는 인간으로 태어났지만 인간의 감정을 품어서는 안 되는, 누구보다 강하고 모두에게 경외 받는 절대적인 존재가 되어야 했다.

하지만 그런 건 불가능했다.

네프카는 고작 열여섯 살에 자신의 마음이 죽어가고 있다는 것을 깨달았다. 그리고 그것을 눈치챈 국왕은 반 강제로 네프카를 매직 아카데미에 입학시켰다. 모든 신하와 백성들이 신처럼 우러러보는 환경에서 네프카의 인간적인 마음은 점점 더 죽어갈 수밖에 없었기 때문이다.

그리고 국왕의 선택은 옳았다.

모든 감정을 털어놓고 함께 고민할 수 있는 친구를 얻은 순간, 네프카는 자신의 인간적인 모습과 미래에 대한 희망을 찾을 수 있었다. 왕국의 존폐를 책임진 신과 같은 존재가 아니라, 그저 행복하게 살고 있는 페슈마르 왕국의 백성들의 삶을 지켜주고 싶다는 인간적인 관점을 가질 수 있게 된 것이다.

─왕국을 지킨다기보다 사람들의 삶을 지켜준다고 생각해. 그럼 좀 더 기운을 낼 수 있지 않을까?

─물론 압박은 여전하겠지만, 그쪽이 동기 유발에 있어 효과적일 거야.

─너라면 앞으로 50년은 거뜬히 파이파를 상대할 수 있어. 내가 장담한다.

─중병에 걸렸다든가, 정말 컨디션이 엉망인 때가 오면 날 불러. 내가 책임지고 한 번은 잡아줄게.

─네프카? 내가 한 번이라고 말했다고 해서 정말 딱 한 번만 도와줄 거라고 생각했어?

제온은 힘이 들면 언제라도 자신을 부르라고 말했다. 그것은 무엇과도 바꿀 수 없는 마음의 지주였다.

물론 정말로 제온을 부를 일은 없을 것이다. 하지만 정말로 파이파와 싸워줄 수 있는 능력을 가진 친구가 그런 말을 해주 었다는 사실만으로도 네프카는 평생 동안 짊어질 고독한 싸 움에서 '여유'라는 소중한 틈을 간직할 수 있게 된 것이다.

하지만 바로 지금,

눈앞에 있는 추기경은 도저히 뿌리칠 수 없는 유혹적인 미 끼를 흔들고 있다. 그것을 덥석 물게 된 순간, 네프카는 그 무 엇보다 소중했던 친구를 잃게 되는 것이다.

'제온, 네 덕분에 난 평범한 인간처럼 생각할 수 있었다. 평생 바꿀 수 없는 보물을 받아놓고서… 스스로가 부끄러울 따름이다.'

네프카는 눈을 뜨고 다리우스를 향해 말했다.

"페슈마르 왕국의 국왕으로서 온 백성을 대신해 신수교단 의 노력에 진심으로 경의를 표한다. 그 소중한 선물, 감사한 마음으로 받도록 하겠다."

백성을 들먹거린 것은 제온에 대한 죄책감을 감추기 위한 편법일 뿐이다. 다리우스는 만족스런 얼굴로 고개를 끄덕이 며 대답했다.

"신수교단은 그저 세상의 섭리의 의지에 따를 뿐입니다. 폐하께서는 그저 부담 없이 아이스 피닉스와의 대결에 전념

하시길 바랍니다."

"마음에 새기고 전념하도록 하겠다. 그런데……."

네프카가 무언가를 더 말하려는 순간, 가만히 듣고 있던 샤리가 자리에서 일어나며 소리치듯 말했다.

"저희 매직 아카데미는 교단에 드릴 것도, 받을 것도 없습니다! 괜찮으시다면 이만 자리를 떠나고 싶군요!"

"잠시만 기다려 주십시오, 총장님. 꼭 그런 관계로 저희들의 입장을 정리할 게 아니라……."

다리우스도 급히 자리에서 일어나며 손을 뻗었지만, 샤리는 딱딱한 얼굴로 고개를 저으며 네프카를 향해 걸어갔다.

"아카데미가 중립을 지키는 이상 저희들의 관계는 언제까지나 명확합니다. 그럼… 국왕 폐하!"

네프카의 옆에 선 샤리는 눈살을 찌푸린 불쾌한 표정으로 말을 이었다.

"신수교단의 선물을 받아 기분이 무척 좋으시겠군요. 함께 아카데미를 졸업한 동기로서, 함께 전쟁을 치른 전우로서 진심으로 경축드립니다. 분명 함께 싸운 다른 친구들도 이 순간 세계 어디에선가 폐하를 응원하고 있을 겁니다."

너무도 노골적으로 비꼬았기 때문에 지켜보던 사람들의 입에서 헉 하는 신음 소리가 새어 나왔다. 네프카는 의자에 앉은 자세 그대로 정면을 바라보며 대꾸했다.

"감사한다, 총장. 나 역시 아카데미의 안녕을 진심으로 바라고 있다."

"…아카데미는 폐하께서 신경 써주시지 않아도 별일 없을 겁니다. 갑자기 못 들을 소리라도 들었는지 귀가 간지럽군요. 그럼 전 이만 물러가도록 하겠습니다."

샤리는 싸늘하게 말하며 오른손을 내밀었다. 그것은 마치 마지막으로 악수를 나눈 다음 다시는 얼굴도 보지 말자고 선언하는 것 같은 행동이었다.

"조심해서 물러가게."

네프카는 얼굴도 보지 않은 채 샤리의 악수를 받았다. 샤리는 부릅뜬 눈으로 네프카의 옆얼굴을 노려보았고, 이내 다리우스가 말릴 새도 없이 몸을 돌려 문 쪽으로 걸어가기 시작했다.

샤리는 회의실 문을 꽝 닫고 밖으로 나갔다. 다리우스는 혀를 차며 고개를 저었다.

"하하… 이런, 저분께서는 아무래도 학창 시절의 옛정에 너무 얽매어 계신 것 같군요."

"감정적으로 이해 못할 건 아니오. 하지만 이단자를 상대로 너무 감싸주는 것 같아 보기 좋지 않소이다."

테그리아 백작이 불쾌한 표정으로 말했다. 그러자 그때까지 아무 말 없이 앉아 있던 마법협회의 회장 이그니스가 천천히 고개를 저으며 입을 열었다.

"크게 개의치 않아도… 된다고 생각합니다. 총장 역시 공과 사는… 구분하고 있을 테니 말입니다."

이그니스는 수염이 하얗게 센 테그리아보다는 훨씬 젊어 보였지만, 실제 나이는 그와 비슷한 60대였다. 그 역시 매직 아카데미의 교수 출신이고 샤리를 키워준 사람 중 한 명이기 때문에 그녀를 감싸주는 것처럼 느껴지는 것도 사실이었다.

그러나 진정으로 공과 사를 구분하는 것은 바로 이그니스였다. 그는 차분하지만 계산적인 말투로 자신의 목적을 늘어놓기 시작했다.

"하지만 이 몸은 이제 아카데미에 속해 있지 않은지라… 특별히 중립을 지킬 필요는 없습니다. 그리고 마법협회는 아카데미와는 달리 교육보다는 연구가 목적이지요. 물론 다들 아시다시피 연구에는 돈이 많이 들어갑니다. 때문에 비영리적으로 중립을 지킬 여유가 없으며… 실제로 중립을 지켜야 한다는 내부적인 규제도 없습니다. 부디 열국의 제후 분들과 신수교단 측에서 많은 지원을 해주시길 바랍니다. 물론 이 자리에 오기 전에 제 나름대로 준비도 많이 해왔고 말입니다."

"준비라니, 어떤 준비 말씀이십니까?"

다리우스가 눈을 반짝이며 물었다. 이그니스는 자신의 무릎 위에 얹어 놓았던 두툼한 서류철을 들어 보이며 대답했다.

"이것은 저희 마법협회에서 보유하고 있는 제온 스태틱에 대한 모든 정보입니다. 매직 아카데미는 중립이라 외부로 정보를 유출할 수 없지만, 과거에 아카데미에 재직했던 마법사들의 기억까지 막을 수는 없으니까요. 저 역시 아카데미에 교수로 재직하던 당시 기억나던 제온에 관한 정보를 모두 모아 여기에 추가했습니다."

실제로는 아카데미에 재직하던 당시의 정보는 아카데미를 나간 이후에도 외부로 유출하는 것이 금지되어 있었다. 그러나 이 자리에 있는 누구도 그것을 걸고넘어질 리가 없었다.

"제가 아카데미에 요청하려던 것 중 하나가 바로 이단자에 대한 상세한 정보였습니다! 대체 뭐라고 감사의 인사를 드려야 할지 모르겠군요!"

다리우스는 기쁜 얼굴로 손뼉까지 치며 환영했고, 체리오트는 즉시 이그니스의 옆으로 다가가 그가 들고 있는 서류를 건네받았다. 네프카는 이그니스의 행동에 강력한 분노를 느꼈지만, 그 역시 표면적으로는 제온을 배신한 상황이기 때문에 별다른 말을 할 처지가 아니었다.

'강직한 마법사라고 생각했는데… 역시 환경이 사람을 만드는군.'

네프카는 아카데미에 다닐 당시 이그니스에게 질풍계 마법의 이론 수업을 들은 것을 떠올렸다.

그는 다른 어떤 교수보다도 규칙과 명예를 존중하는 인물이었다. 그러나 다양한 국가, 조직, 졸업생으로부터 막대한 후원금을 받고 있는 매직 아카데미와는 달리, 마법협회는 별다른 지원을 받지 못하고 있는 형편이었다. 이그니스는 마법협회의 회장으로서 자신이 할 수 있는 최선의 길을 선택한 것뿐이다.

'이럴 줄 알았으면 마법협회에 대한 지원을 높일 걸 그랬군. 그동안 너무 아카데미에만 신경 쓰고 있었어.'

그러나 아무리 네프카라 해도 거기까지 예상하는 것은 무리였다. 덕분에 샤리의 노력이 헛수고가 되었고, 다리우스는 희희낙락한 얼굴로 체리오트가 건네준 서류를 넘겨보기 시작했다.

'물론 저런 정보만 가지고 제온을 어떻게 할 수야 없겠지만⋯⋯.'

사람들의 시선이 다리우스가 들고 있는 서류에 집중된 순간, 네프카는 테이블 아래에 있는 자신의 오른손을 바라보았다. 그의 손에는 두 개의 조그마한 구슬이 들어 있다.

그것은 조금 전 삭막한 악수를 나누었을 때 샤리가 그의 손에 놓고 간 것이다. 네프카는 자연스럽게 머리카락을 만지며 두 개의 구슬을 양쪽 귀에 하나씩 집어넣었다.

그러자 왼쪽 귀에서 웅웅거리는 잡음이 들렸다. 네프카는 눈을 살짝 찌푸렸지만, 회의실에 있는 누구도 그의 표정의 변화에 주목하고 있지는 않았다.

잠시 후, 머릿속에서 샤리의 목소리가 들렸다.

—아, 이제야 들리네. 네프카, 너도 내 목소리 들리지?

물론 들렸지만 사람들이 모두 있는 장소에서 '그래' 라고 대답할 수도 없었다. 네프카는 침묵으로 일관하며 샤리의 목소리에 집중했다.

—들리는 거 다 아니까 대답 안 해도 돼. 네 심장이 두근거리는 소리가 들리거든. 구슬 두 개를 귓속에 전부 집어넣었지? 하나는 소리를 듣는 통신구고 하나는 소리가 들리는 통신구야.

마침 다리우스가 이단 토벌단에 대한 이야기를 시작했기 때문에 네프카는 묵묵히 고개를 끄덕이며 그의 이야기를 경청하는 척했다. 물론 속마음은 이런 멋진 마도구를 만든 샤리에 대한 감탄으로 가득 차 있었다.

—그러니까 나중에 사람들 없을 때 하나를 빼서 말할 때 사

용하면 돼. 지금은 그냥 대답하지 말고 듣기만 하고. 네가 듣
는 걸 나도 들을 수 있으니까.

네프카는 아주 작게 헛기침을 했다. 자기 딴에는 대답을 한
다고 그렇게 한 셈이었는데, 샤리가 그것을 이해해 줄지는 미
지수였다.

―뭐야, 방금 그거? 기침한 거야? 아니면 대답? 대답한 거
라면 다시 한 번 작게 헛기침을 해볼래?

네프카는 손으로 턱을 괴며 다시 헛기침을 했다. 그러자 머
릿속으로 샤리의 웃음소리가 들렸다.

―후후, 아주 좋아. 뭐 이걸로도 간단한 의사소통은 할 수
있겠네. 안타깝게도 일방통행이긴 하지만 말이야. 그래도 혹
시 모르니까 다른 사람들 이야기하는 거 열심히 듣는 척하고
있어. 심각하고 근엄한 표정을 지으면서 말이야.

'그거야 쉽지. 내 직업이 바로 그런 거니까.'
네프카는 웃음이 나오려는 것을 참으며 눈가에 힘을 주었
다. 마침 페슈마르 왕국에 요청할 지원에 대해 말하려던 다리

우스가 움찔하고 몸을 떨며 고개를 저었다.

"아니, 물론 그렇게 말씀드렸지만, 그래도 규모에 관해서는 폐하께서 편하실 대로 정하시면 됩니다. 어디까지나 기준점을 말씀드렸을 뿐입니다. 행여나 기분이 상하셨다면 제 설명이 부족한 점을 사과드리고 싶군요."

ㅡ뭐야? 무슨 짓을 했기에 반응이 저래?

샤리는 재밌다는 목소리로 말했다. 네프카의 귀로 들어오는 모든 소리를 그녀 역시 들을 수 있는 모양이다.

ㅡ아무튼 서로 입장도 있고 주변의 지켜보는 눈도 많아서 편하게 이야기할 시간이 없을 거라고 생각했어. 그래서 이런 마도구를 만들어온 거고, 예전에 내가 이런 거 연구하고 있다고 말해줬지? 아직 시험품이라 통신이 연결되는 거리가 1km 정도밖에 되지 않지만, 앞으로 점점 더 거리를 늘려 나갈 생각이야.

만약 이런 마도구를 대량생산해서 싸게 공급할 수 있다면 세상의 모습은 지금과는 전혀 다른 형태로 바뀌어 나갈지도 모른다. 네프카는 그렇게 생각하며 잠자코 샤리의 이야기를 들었다.

—아무튼 저 멍청한 인간들은 이로써 우리 사이가 틀어졌
다고 생각했겠지? 절대 그럴 리가 없는데 말이야. 그래도 혹
시 모르니까 아까 너무 심하게 말한 거 사과할게.

물론 샤리가 사과할 필요는 전혀 없었다. 네프카는 샤리를
비롯해 나인제로 몬스터즈의 멤버들에 대한 절대적인 믿음을
가지고 있었다. 비록 표면적으로 서로를 헐뜯고 배신할지언
정 그들의 진심은 언제나 서로와 함께하고 있었다.

—그런데 말이야, 정작 대놓고 저질러 놓고 나온 주제에 이
런 말 하기도 뭐하지만, 아카데미는 이런 상황에서 정말 꼼짝
도 할 수 없어. 개인적으로 제온을 돕기 위해 이런저런 수단
을 동원하고 있긴 한데 쉽지가 않아. 아직까지는 고작해야 제
온이 마족과 결탁했다는 누명을 벗겨주기 위한 정보를 모은
게 다거든.

물론 샤리는 그렇게 말했지만 네프카는 뱀파이어 퀸인 리
비스와 제온 사이에 무언가 다른 것이 존재하고 있다는 것을
느끼고 있었다. 마요르에서는 리비스가 제온을 습격했다고

하지만, 실제로 마도대전 당시에 둘은 줄기차게 싸우면서도 결코 서로를 죽이지 않았다.

네프카는 적어도 리비스가 제온에 대해 느끼는 감정을 '애증'이라고 생각했다. 그렇기 때문에 신수교단과 대륙의 모든 국가가 제온을 궁지에 몰아넣는다면 정말로 둘이 손을 잡는 일이 발생할지도 모른다.

─아무튼 당장은 네프카 네 쪽에서 좀 신경을 써줬으면 좋겠어. 물론 토벌단에 지원하는 거야 어쩔 수 없지만, 너라면 뒤에서 몰래 손을 쓰는 것 정도는 가능하겠지?

물론이다. 하지만 그 정도로는 금전적인 지원이나 잠시 동안 머물 수 있는 안전 가옥을 제공하는 정도에 불과했다. 페슈마르 왕국의 국왕으로서 근본적으로 제온의 현 상태를 호전시키는 정책을 취할 수가 없다는 것이 문제였다.

─심장 박동이 빨라졌네? 뭐 대충 어떤 기분인지는 상상이 가. 나도 마음 같아서는 아카데미의 총장이고 뭐고 때려치우고 제온을 도와주고 싶으니까.

하지만 그럴 수 없다는 것을 모두가 알고 있다. 샤리와 네프카의 공통점은 수많은 사람의 기대와 책임을 동시에 떠안고 있다는 것이다.

—하지만 차마 그럴 수는 없고… 분명히 제온도 우리가 그런 식으로 행동하는 것은 바라지 않을 거야. 아무튼 당장은 어떻게든 제온과 접촉하는 게 먼저야. 그래서 정확히 뭘 어떻게 하려고 하는지를 알아내야 해.

물론 제온의 목표는 초신수 아프레온에 대한 복수일 것이다. 네프카는 정확히 무슨 일이 일어났지 전부 알고 있었다.

하지만 과연 초신수라는 존재를 상대로 맞서는 것이 가능할까? 정작 네프카 본인이 매년 신수를 상대로 싸우고 있다 해도 A급 신수와 초신수는 격이 달라도 한참 다르다고 할 수 있었다.

—아프레온을 죽이고 싶어하는 거라면… 분명 나 같아도 그러고 싶을 거야. 프로나를 잃었으니까. 하지만 잘 모르겠어. 아무리 제온이라도 그런 일은 불가능할 거 같아. 그리고 그런 일은 없겠지만… 네프카 너랑 제온 둘이서 같이 싸워도 쉽지 않을 거야.

쉽지 않은 게 아니라 마찬가지로 불가능에 가까울 것이다. 그것은 나인제로 몬스터 전원이 동시에 덤빈다 해도 비슷한 문제였다. 하지만 제온은 그런 것을 신경 쓸 인간이 아니었다. 네프카는 쓴웃음을 지으며 고개를 살짝 끄덕였다.

'맞아. 그 녀석은 정말 한다고 하면 해버리는 녀석이지.'

"아, 감사합니다, 폐하. 그럼 '샐러맨더 킬러(Salamander killer)'를 토벌대에 지원해 주시는 걸로 알고 있겠습니다."

다리우스는 환한 미소를 지으며 감사를 표했다. 샐러맨더 킬러는 페슈마르 왕국에 자주 출몰하는 신수 샐러맨더를 잡기 위해 조직된 특수부대로, 전 대륙을 통틀어 세 손가락 안에 드는 강력한 전투 조직이다.

─엑? 정말로 샐러맨더 킬러를 보낼 거야? 뭐 어쩔 수 없긴 하지만… 아무튼 난 여기 외곽에 있는 숙소에 잠시 머물다 갈 거니까 있다가 회의 끝나면 좀 더 자세히 이야기하자.

네프카는 헛기침을 하며 숨을 크게 들이마셨다. 물론 샤리와도 제대로 이야기를 해야겠지만, 공인(公人) 중에서도 최고의 공인인 두 사람이 직접 나서서 할 수 있는 일은 거의 없을 게 뻔했다.

'역시 지금은… 그 녀석이 나서는 수밖에 없어.'

네프카는 또 다른 나인제로 몬스터즈의 일원인 마그나스를 떠올렸다. 개인적으로는 서로의 가치관이나 행동방식이 정반대라 사사건건 부딪쳤지만, 오히려 이런 상황에서는 제온에게 있어 자신보다 훨씬 더 큰 도움을 줄 수 있을 것이 분명했다.

　'빨리 연락이 닿았으면 좋겠는데… 부탁한다, 마그. 지금 제온에겐 네가 필요해.'

　마그는 친구들이 부르는 마그나스의 별칭이다. 네프카는 이미 페슈마르 왕국을 떠나기 전에 은밀하게 사람들을 풀었다. 비록 제멋대로 온 세상을 주유하는 마그나스의 성격상 당장 찾아내는 것은 무리겠지만, 그래도 이런 상황에서 믿을 수 있는 것은 오직 그 녀석뿐이었다.

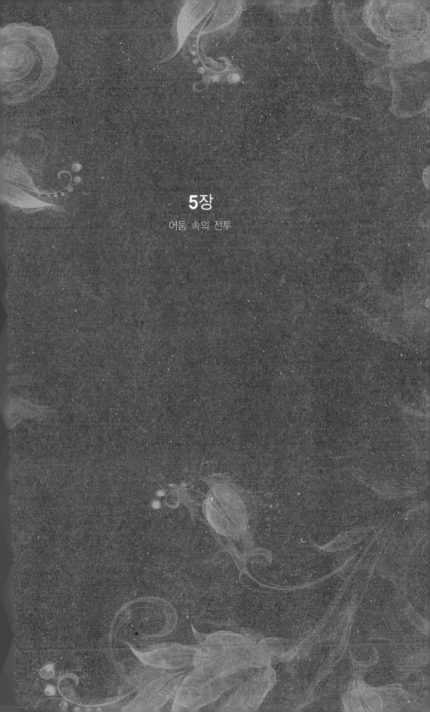

5장

어둠 속의 전투

깊은 밤, 제온은 허름한 벽난로에 땔감을 던져 넣고 있었
다.

그가 있는 곳은 이켈 지방에 있는 한 버려진 농가였다. 몇
달 전 대대적으로 창궐한 역병으로 인해 수많은 마을이 폐허
가 되었고, 제온은 그중에 한 마을을 골라 잠시 동안 몸을 숨
기고 있었다.

"큭……."

땔감을 던지던 제온은 갑작스럽게 오른팔을 울리는 통증
에 치를 떨었다.

얼마 전 마요르에서 대집행관인 체리오트에게 당한 상처
는 쉽게 아물지 않았다.

아무리 생체 전류를 활성화시켜 자연치유력을 높였다 해
도 무리였다. 살과 근육과 뼈가 동시에 관통당한 상처에선 끊
임없이 피와 고름이 흘러나왔다.

신전에 간다면 신관들이 사용하는 회복 마법을 통해 금방
회복할 수 있을 것이다. 물론 일정한 금액을 지불해야겠지만,
문제는 돈이 아니라 그와 싸우는 적이 바로 신수교단이라는
것이다.

신수교단을 적으로 돌렸다는 것은 즉, 영원히 회복 마법의
수혜를 받지 못하는 처지가 되었다는 것을 의미했다.

신수교단은 여러 가지를 독점하고 있었는데, 그중에서도
회복 마법과 성법기를 만드는 기술, 이 두 가지가 가장 중요
한 핵심이었다.

"제온, 이거 다 빻았어."

바닥에 쪼그리고 앉아 있던 소녀가 제온을 향해 동그란 항
아리를 내밀었다.

제온은 몸을 돌리며 항아리에 담겨 있는 녹황색의 풀죽을
가만히 들여다보았다.

"…수고했어. 그런데 이거 그냥 상처에 바르기만 하면 되
는 거야?"

"응. 그렇게 쓰여 있었어. 아마도 도움이 될 거라고 생각해."

소녀는 무표정한 얼굴로 고개를 끄덕였다. 은색이 희미하게 깃든 하얀 머리카락을 가진 소녀의 이름은 마이였다.

제온과 같은 실험실에서 탄생한 인공적인 생명체인 그녀는 함께 만들어진 다른 실험체들과는 달리 몸에 색소가 부족한 돌연변이로 태어났다.

그녀는 '처분' 당하기 전까지 연구원들의 실험을 도왔는데, 그 와중에 읽은 수많은 책과 문서의 내용을 하나도 빼놓지 않고 완벽하게 기억하고 있었다.

"약초학이라니… 그런 게 도움이 될 거라고는 생각도 못했어."

제온은 오른팔의 붕대를 푼 다음 검푸른 색으로 부풀어 올라 있는 상처 부위에 빻은 약초를 바르기 시작했다.

"……"

그리고 순간적으로 벼락이라도 맞은 듯 경련을 일으켰다. 비명을 지르지 않은 것이 다행일 정도의 끔찍한 통증이 상처를 따라 온몸에 퍼졌다.

"제온? 아파?"

마이는 한참 동안 벌어진 입을 다물지 못한 채 부들거리는 제온을 바라보았다. 제온은 눈을 질끈 감으며 가까스로 대답했다.

"아픈… 정도가 아니라… 아니, 이거 약초 맞아?"

"맞아. 그런데 같이 빻은 약초 중에 '아르보틸'이라는 빨간 풀이 있어."

"그, 그런데?"

"그 풀의 효과가 소독력이야. 아주 강력해. 내가 본 책에서는 그 약초를 쓸 때 주의를 기울여야 한다고 쓰여 있었어. 통증으로 혀를 깨물지도 모르니까 입에 재갈을 물리는 게 안전하대. 하지만 제온은 괜찮을 거라고 생각해. 그래서 그냥 섞었어."

마이는 표정 없는 얼굴로 설명했다. 제온은 마치 생살을 끊임없이 꿰매는 듯한 통증에 전율하며 그 자리에 주저앉았다.

"다음부터는… 그런 주의 사항을 먼저 말해주면 좋겠어."

"미안해. 다음부턴 먼저 이야기할게."

마이는 눈을 빠르게 깜빡이며 사과했다. 지난 몇 달 동안 그녀와 함께하며 제온은 그것이 놀라거나 당황했을 때의 반응이라는 것을 알고 있다.

'감정이 없어 보이지만… 정확히는 어떻게 표현하는지를 모를 뿐이야.'

제온은 나지막하게 한숨을 내쉬며 마이의 얼굴을 바라보

았다. 그 역시 대부분의 감정 표현을 프로나에게 배웠기 때문에 그녀의 상황을 이해할 수 있었다.

"마이? 상대방에게 미안하다고 생각할 땐 그런 표정을 지어주는 게 좋아. 아니, 반드시 지어야 해. 표정 없이 미안하다고 하면 오히려 역효과를 불러일으킬 수 있어."

제온은 통증을 참으며 차분하게 설명했다. 마이는 그런 제온의 표정을 가만히 바라보다 대답했다.

"미안할 때는 어떤 표정을 지어?"

"어떤 표정이라니… 음, 이런?"

제온은 입술을 안으로 깨물며 시무룩한 표정을 지어 보였다. 그러나 통증을 참느라 전체적으로 얼굴이 굳어버린 탓에 이도저도 아닌 괴상한 표정이 되고 말았다.

마이는 그 표정을 똑같이 따라 하며 말했다.

"이렇게 하면 돼?"

"아, 아니. 그건 좀 아닌 것 같은데."

"그럼 어떻게 해?"

마이는 그 표정 그대로 고개를 살짝 옆으로 기울였다. 제온은 눈을 감으며 한숨을 내쉬었다.

"아니, 아니야. 일단 당분간은 미안한 표정은 보류해 두자. 아무래도 이런 미묘한 감정 표현은 어려워."

"알았어. 제온이 그렇게 하라면 그렇게 할게."

마이는 다시 무표정한 얼굴로 돌아오며 고개를 끄덕였다. 그리고는 갑자기 눈을 전혀 움직이지 않은 채 입만 씩 웃는 무서운 표정을 지어 보였다.

"그래도 웃는 건 잘할 수 있어."

"아……."

"평소에 자주 웃으라고 그랬지?"

"아니, 아니야. 그것도 잘못됐어."

제온은 안타까운 얼굴로 고개를 저었다. 마이의 웃는 표정은 바로 억지로 버티거나 괴로울 때 제온이 짓는 웃음이었다. 그것은 즐거움이나 행복과는 정반대의 얼굴이지만, 현재까지는 마이가 표정을 보고 배울 사람이 오직 제온밖에 없다는 것이 문제였다.

'역시 이럴 땐 학교가 제일인데. 물론 프로나한테 많이 배우긴 했지만, 주변에 다른 애들의 표정이나 행동을 관찰하는 게 도움이 많이 됐어.'

사실은 그것이 절대적이었다. 제온은 프로나에게 인간적인 감정에 대해 배우면서 동시에 매직 아카데미에 함께 다니는 수많은 생도에게 자연스럽게 영향을 받았다.

"좀 더 자연스럽게 웃는 걸 연습해 봐. 얼굴 전체를 써서."

"얼굴 전체?"

"눈을 좀 가늘게 뜨면서 이렇게… 아니, 됐어. 나처럼 웃으면 안 돼."

제온 역시 이런 상황에서 자연스럽게 웃어 보이는 것은 무리였다. 마이는 빠르게 눈을 깜빡인 다음 몸을 일으켜 벽난로 옆에 놓인 배낭을 향해 걸어갔다.

"일단 붕대를 다시 감는 게 좋겠어."

그리고는 배낭 속에서 새 붕대를 꺼내 제온의 팔을 감기 시작했다. 제온은 하얗고 조그만 손이 능숙하게 움직이는 것을 지켜보며 나지막하게 한숨을 내쉬었다.

─물론 한숨을 쉬는 게 무척 인간적이고 자연스럽긴 해요. 그래도 당신, 아이가 태어나면 절대로 아이 앞에서 그러면 안 돼요? 알았어요? 아이들은 부모가 한숨을 내쉬면 자신도 모르게 상처를 받게 된다고요.

문득 생전의 프로나가 하던 당부가 떠올랐다. 그것은 제온이 가뭄으로 말라죽어 가는 레스톤 왕국의 모습에 하도 한숨을 내쉬자 당시에 임신 중이던 프로나가 걱정스런 얼굴로 한 말이다.

하지만 그런 기억들이 제온을 더욱 한숨짓게 만들었다. 그는 프로나가 아니었다. 어떻게든 마이에게 인간적인 감정과 표정을 가르치고 싶었지만, 그것은 마치 인형이 인형을 가르치는 것과 다를 바 없었다.

'역시… 어딘가 맡길 곳을 찾아야겠어.'

제온은 마이의 얼굴을 보며 생각했다. 그가 선택한 것은 복수와 파멸을 위한 여정이다. 거기에 이 작은 소녀를 지키고 가르칠 여유는 존재하지 않았다.

가장 먼저 떠오른 것은 네프카였다.

어떻게든 네프카에게 접촉해 사정을 설명할 수만 있다면?

그는 두말없이 마이를 위한 안전한 보금자리와 최고의 교육을 제공해 줄 것이다. 그러나 네프카와 접촉하는 것 자체가 쉽지 않은 일이다. 더욱이 그는 다른 어떤 나라도 아닌, 바로 그 페슈마르 왕국의 국왕이다. 대륙의 공적이 된 이단자와 접촉했다는 사실이 들통 나기라도 한다면 가뜩이나 무거운 짐을 짊어진 그의 어깨가 더 이상 감당하지 못하고 무너져 내릴지도 모른다.

물론 네프카는 그 모든 위험을 감수하고서라도 그를 도우려 할 것이다. 제온이 요청만 한다면. 그렇기 때문에 제온은 결코 네프카에게 도움을 요청할 수 없었다.

오히려 네프카가 신수교단이나 대륙의 다른 국가들의 압력에 의해 어쩔 수 없이 자신을 공격한다 해도 제온은 조금의 배신감도 느끼지 않을 자신이 있었다.

그렇게 함으로써 네프카의 입장이 좋아진다면 오히려 다행이었다. 신수교단을 상대로 전쟁을 건 순간, 이미 자신은 나인제로 몬스터즈의 다른 친구들에게 씻을 수 없는 오명을 안겨준 셈이기 때문이다.

하지만 친구들에게 그런 죄를 지으면서도 제온은 결코 프로나에 대한 복수를 포기할 수는 없었다.

그리고 목표는 어디까지나 신수교단이 아닌, 초신수 아프레온이다. 단지 그 과정에서 신수교단과의 충돌을 피할 수 없을 뿐이다.

"마이는 제온을 지원하기 위해 태어났어."

그러자 문득 마이가 입을 열었다. 비록 그녀가 감정 표현에 서툴다 해도 지금 제온이 자신과 관련된 문제로 고민하고 있다는 것을 본능적으로 감지하고 있었다.

"그러니까 제온의 곁에 있는 게 좋아. 표정 같은 건 아무래도 상관없다고 생각해."

"…마이, 넌 좀 더 많은 사람과 함께 지내는 편이 좋아."

제온은 마이의 붉은 눈동자를 마주 보았다. 체모가 흰색이고 눈동자가 붉은색이라는 것을 제외하면 그냥 평범하게 예쁘게 생긴 소녀이다. 머리카락은 염색하면 된다. 그저 좋은 보호자 아래에서 좋은 친구들을 사귀며 성장한다면 평범한 소녀로 돌아갈 수 있을 것 같았다.

하지만 마이는 고개를 저었다.

"그 많은 사람 중에 제온이 없다면 소용없어."

"마이……."

"마이를 버리면 안 돼. 그럼 마이는 행복해질 수 없어."

"너, 행복이 뭔지는 알고서 하는 말이야?"

그러자 소녀는 당연하다는 듯 고개를 끄덕였다.

"행복은 지금이야."

"지금?"

"마이는 지금 행복해. 제온이 원하는 것을 달성하는 데 도움이 되고 있어. 제온을 지원해야 마이는 가치가 있어. 가치가 바로 행복이야."

마이의 눈동자에 결코 떨어지지 않겠다는 집념이 보였다. 제온은 참담한 심정으로 소녀의 하얀 머리카락을 쓰다듬으며 말했다.

"마이, 꼭 가치가 있어야 행복한 건 아니야. 그냥 그 자체로 행복해져야 해."

"그건 잘 모르겠어. 하지만 마이는 제온을 지원할 때 행복해. 그러니까……."

마이는 제온의 표정이 우울해진 것을 발견하고는 급히 표현을 바꿨다.

"제온을 도와줄 때 행복해. 마이는 계속 제온을 도와주고 싶어. 베오르그를 얻어야 한다고 조언해 줄 수 있고, 다친 팔에 이렇게 약초를 바르고 붕대를 감을 수 있어서 행복해."

"하지만 너무 위험해. 도저히 너를……."

함께 데리고 다니면서 복수를 할 자신이 없어.

지키면서 싸울 자신이 없어.

제온은 차마 그렇게 말하지 못하고 입을 다물었다.

고작 첫 싸움을 시작했을 뿐이다. 그런데도 이렇게 심각한 상처를 입고 한동안 꼼짝도 할 수 없는 몸이 되었다. 앞으로 얼마나 더 격렬한 싸움이 반복될지 모르는 상황에서 과연 세상물정 모르는 이 소녀와 함께 살아남는 것이 가능할까?

하지만 그와 동시에 마이가 가지고 있는 지식이 자신의 복수에 큰 도움이 되는 것도 사실이다. 애초에 제온은 '베오르그' 같은 것은 신경도 쓰지 않았다. 그게 없어도 자신의 힘으로 초신수를 찾아내는 게 충분히 가능하다고 생각했기 때문이다.

―베오르그는 초신수를 제거하기 위해 매우 중요한 도구야. 그걸 만든 게 광신 사냥 프로젝트의 창립자거든.

하지만 마이는 제온이 모르는 사실을 알고 있었다. 그녀의 머리는 도서관 같았다. 실험실에서 본 모든 책의 내용과 연구원들이 나누던 대화를 하나도 빠짐없이 기억하고 있었다.

지금으로부터 150여 년 전, 신수교단에 살바스라는 이름의 신관이 있었다.

당시는 하급 성법기의 양산으로 인해 신수교단의 세력과 영향력이 폭발적으로 커지던 시기였다. 살바스는 바로 그 성법기를 제조하는 핵심개발자였고, 그것만으로 추기경의 자리에 오를 만큼 능력 있는 인물이었다.

─그런데 시간이 지나자 살바스는 신수교단이 감춰오던 비밀을 알게 됐어. 그래서 초신수를 섬기는 것을 그만두고 비밀리에 초신수를 죽일 수 있는 방법을 연구하기 시작했어.

살바스는 자신을 따르는 신관들 중 믿을 수 있는 자들을 모아 '살바스 수도회'라는 조직을 결성했다. 그들은 표면적으로는 신수교의 빠른 전파를 위한 새로운 성법기의 개발을 모토로 삼았다. 그러나 실제로는 초신수를 죽일 수 있는 강력한 성법기를 만들어내는 것이 진정한 목표였고, 베오르그 역시 그런 과정에서 만들어진 성법기 중 하나였던 것이다.

─살바스 수도회는 얼마 지나지 않아 배신자에 의해 정체가 탄로 났어. 그 탓에 이단으로 몰려서 멸망했고. 하지만 살바스 본인과 몇 명의 추종자가 탈출에 성공해서 지금까지 이어져 온 거야.

즉, 제온과 마이를 만들어낸 연구실의 정체가 바로 살바스 수도회인 것이다. 제온은 자신을 만들어낸 자들의 목표와 자신의 목표가 동일하다는 것에 좌절했다. 하지만 그렇다고 프로나와 그녀의 뱃속에 있던 아이의 복수를 포기할 수는 없었다.

"윽……."

제온은 신음 소리를 내며 벽난로 앞에 주저앉았다. 마이가 만들어준 약초는 단지 상처를 치료하는 것이 아니었다. 상처 주변에 생긴 죽어가는 조직이나 염증을 괴사시켜 새로운 살이 돋아날 수 있는 기반을 마련해 주는 역할을 하고 있었다.

그러나 그 과정이 너무도 고통스러웠다. 오른팔로 이어지는 신경을 차단해 버리고 싶을 정도였다.

하지만 신경을 차단하는 것은 말 그대로 최후의 수단이다. 한번 차단한 신경은 다시 연결한다 해도 정상으로 돌아오기

까지 오랜 시간이 걸린다. 그사이에 전투라도 벌어지면 오른
팔을 주력으로 사용하는 마법을 제대로 쓸 수 없게 된다.

"마이를 지켜줄 필요는 없어. 마이는 스스로를 지킬 수 있
으니까."

마이는 제온의 옆에 앉으며 말했다. 물론 제온도 그녀가 마
법을 쓸 수 있다는 건 알고 있다. 그것도 평범한 마법사를 훌
쩍 뛰어넘는, 최소한 미들 위저드(Middle wizard) 이상의 마력
을 갖추고 있었다.

그러나 마력이 아무리 강하다 해도 기본적인 체력이 받혀
주지 않으면 장기적인 전투를 감당할 수가 없다. 그리고 마이
의 육체는 일반인보다 훨씬 약한 축에 속했다. 신수교단이 본
격적으로 이단 토벌단을 조직해 수색과 추격에 나선다면 금
방 궁지에 몰릴 것이 뻔했다.

'아카데미라면… 마이를 받아주지 않을까?'

제온은 문득 자신의 모교를 떠올렸다. 물론 제온이 매직 아
카데미에 입학할 수 있던 것은 그를 양자로 받아준 스태틱 가
문의 입김이 작용했기 때문이다. 아카데미는 정체불명의 떠
돌이를 받아줄 정도로 녹록한 단체가 아닌 것이다.

하지만 지금 아카데미엔 샤리가 있었다. 그녀가 마이의 보
호자가 되어준다면 얼마든지 입학이 가능할 것이다.

하지만 약간의 문제가 있었다. 둘 사이에는 풀지 못한 마음

의 앙금이 남아 있었다.

'샤리, 잘 지내고 있을까?'

제온은 언제나 단정한 단발을 유지하던 샤리의 얼굴을 떠올렸다. 그녀 또한 나인제로 몬스터즈의 일원으로 3차 마도대전을 함께 승리로 이끈 평생의 전우이자 친구였다.

하지만 마도대전이 끝난 이후 어느 날 밤, 샤리는 단둘이서 만날 기회를 만들어 제온에게 자신의 마음을 고백했다.

―제온, 널 사랑해. 정말이야. 물론 네가 프로나와 결혼할 거란 건 알아. 나도 알고 있어. 슬프지만 두 사람을 축복해 줄 거야. 하지만 그전에 한 번만이라도 좋으니까 날 안아줘.

하지만 제온은 샤리를 안지 않았다.

아무리 단 한 번의 불장난이라 해도, 아무리 평생 동안 둘만이 간직할 비밀이라고 해도, 그것이 프로나에게 대한 배신인 이상 제온은 결코 그것을 할 수 없었다.

그로 인해 샤리는 상처를 받은 것 같았지만, 그래도 원망하지 않고 웃으면서 아카데미로 돌아갔다. 하지만 이후 제온과 프로나가 결혼식을 올렸을 때, 나인제로 몬스터즈에서 그녀만이 결혼식에 참석하지 않았다.

비록 당시에 아카데미에 큰일이 생긴 것이 사실이고, 샤리는 결혼식에 참석하지 못하는 대신 어마어마한 선물과 축전을 보내는 것으로 대신했다. 하지만 제온은 결코 그날 밤의 일을 잊을 수가 없었다.

'샤리에게는… 빚을 질 수가 없어. 그렇다면 역시…….'

"연구실에서는 초신수를 죽이기 위한 여러 가지 계획을 세우고 있었어. 마이는 그 계획을 모두 알아. 전부 알고 싶으면 마이를 버리지 않는 것이 좋을 거야."

마이는 억양 없는 목소리에 부자연스러운 악센트를 주며 마치 협박하듯 말했다. 제온은 가볍게 코웃음을 치며 마이의 작은 머리를 쓰다듬었다.

"걱정 마. 안 버려. 정말로 위험한 전투를 치러야 할 때 잠시 맡겨둘 곳이 있을까 생각하던 것뿐이야."

"그게 바로 버리는 거야."

"버리는 게 아니라니까. 아니, 어쨌든 됐어. 그래 봤자 당분간 맡길 곳도 없으니까."

제온은 고개를 저으며 눈살을 찌푸렸다. 어차피 제온과 관련 있는 모든 사람의 주변에 신수교단의 감시가 붙어 있을 것이 뻔했다. 위험을 무릅쓰고 접촉하려고 했다가는 도리어 심각한 민폐를 끼치게 될 가능성이 높았다.

제온은 자포자기의 심정으로 고개를 저으며 말했다.

"기왕 이렇게 된 거… 살바스 수도회의 계획이나 좀 더 자세히 말해줘."

"전부 알아낸 다음에 마이를 버릴 생각이야? 새 신짝을 버리듯?"

"…새신을 왜 버려? 헌신짝이겠지. 그리고 안 버린다니까."

"알았어. 그럼 이번엔 베타와 관련된 계획을 좀 더 말할게."

마이의 붉은 눈동자 속에 벽난로의 불꽃이 함께 일렁였다. 제온은 자신이 몰살시킨 수많은 베타의 모습을 떠올리며 가만히 입술을 깨물었다.

"수도회는 처음에는 알파, 그러니까 제온과 똑같은 존재를 더 만들기 위해서 노력했어. 하지만 아무리 실험을 반복해도 또 다른 제온은 생기지 않았어. 그래서 이번에는 방법을 바꿔서 이미 완성된 제온을 중심에 놓고 제온을 지원할 수 있는 새로운 실험체의 제작에 나섰어."

"몸속에 제어 장치가 있는 이상, 언제라도 조종할 수 있을 거라고 생각했겠지."

하지만 그 제어 장치는 제온이 스스로 칼로 파버린 상태였다. 마이는 고개를 끄덕이며 말을 이었다.

"연구실은 베타가 안정적으로 확보되면 본격적으로 계획을 시작할 생각이었어. 연구원들의 계산으로는 제온 한 명에

40명의 베타가 지원한다면 초신수를 죽일 수 있는 기본적인 화력이 확보된다고 했어."

"40명이라……."

제온은 소름이 돋는 것을 느꼈다. 연구실은 한 번에 28명의 실험체를 만들어 그중에 단 두 명만 선발할 계획이었다.

즉, 40명의 베타를 만들어내기 위해서는 총 520명의 실험체가 희생되어야 하는 것이다.

'저주 받을 놈들. 하지만 나도 똑같은 짓을 했지.'

제온은 증오와 자괴감을 동시에 느꼈다. 자신이 박살 낸 유리관만 백여 개에 달했고, 그 숫자와 똑같은 베타들이 목숨을 잃었다.

그것은 거대한 죄였다. 아마 모든 일의 원흉인 살바스 수도회의 뿌리를 뽑아버린다 해도 그 죄를 모두 속죄할 수는 없을 것이다.

마이는 그런 제온의 마음을 아는지 모르는지 감정 없는 목소리로 말을 이었다.

"연구원들이 첫 번째 목표로 삼은 것은 초신수 페라노바야."

"파이어 드래곤(Fire dragon)이라……. 하필 페라노바가 첫 번째지?"

페라노바는 물의 초신수인 아프레온의 상극에 위치한 불

의 초신수였다. 온몸이 새빨간 비늘에 덮여 있는 드래곤으로, 강렬한 이미지와는 달리 실제로 대륙에 모습을 드러내 영향력을 끼친 경우는 매우 드물었다.

"그건 그러니까……."

마이는 잠시 생각하다 고개를 저었다.

"잘 모르겠어. 마이는 어째서 페라노바가 선택되었는지에 대한 정보를 듣거나 보지 못했어."

"그런가. 알았어. 계속 말해봐."

"작전은 대략 이래. 먼저 스무 명의 베타가 페라노바가 펼치는 '플레임 월드(Flame world)'를 막는 방어막을 만들어. 그리고 나머지 스무 명이 안티 배리어(Anti barrier)를 집중해서 페라노바의 몸을 감싸고 있는 역장에 약 2초 동안 작은 틈을 만들어. 그리고 그 틈을 통해 제온이 9등급의 마법을 연속해서 3회 명중시켜. 그러면 이론적으로 페라노바를 죽일 수 있어."

"이론적이라니, 그놈들은 대체 무슨 생각을 하고 있던 거지?"

제온은 어이없다는 얼굴로 고개를 저었다.

"탁상공론도 유분수지… 9등급의 마법이라면 아마도 라이트인 캐논을 생각한 거 같은데, 내가 그걸 2초 동안 세 번 쓸 수 있을 것 같아? 그리고 대체 그런 건 어떻게 계산한 거지?

실제로 초신수와 싸워본 적도 없으면서."

"마이를 비난하지 마. 마이도 그냥 문서를 읽은 것뿐이야."

"너 말고 그 살바스 수도회의 연구원들 말이야. 그놈들은 대체 무슨 생각으로 그런 예상을 내놓은 거지?"

"실제로 싸워보지 않아도 예상할 수 있는 장치가 있어."

"장치?"

마이는 고개를 끄덕였지만 더 이상 설명하지 않고 입을 다물었다. 제온은 마이의 옆얼굴을 바라보며 이상하다는 듯 물었다.

"왜 그래? 그게 무슨 장치인지 설명 안 해줘?"

"설명하는 건 쉬워. 그런데 마이가 설명하면 제온의 행동에 영향을 끼칠 것 같아서 걱정돼."

"응? 무슨 소리야?"

마이는 한참 동안 입을 다물고 눈을 깜빡거렸다.

"…지금 우리는 제온이 초신수 아프레온을 죽이기 위해 생각했던 계획에 마이가 가진 정보를 합쳐서 만들어진 새로운 계획에 따라 행동하고 있어."

"그런데?"

"그런데 마이가 지금 그 '장치'에 대해 설명하면 제온은 행동을 수정할 가능성이 높다고 생각해. 그래서 마이는 그걸 설명해야 하는지 고민 중이야."

전혀 걱정하는 말투가 아니었지만, 아무튼 그녀는 내심 심각한 고민에 빠져 있는 것 같았다. 제온은 쓴웃음과 함께 마이의 머리를 쓰다듬으며 말했다.

"물론 새로운 정보를 얻으면 참고는 할 수 있어. 하지만 근본적인 계획을 수정하는 일은 없지 않을까?"

"마이는 잘 모르겠어. 하지만 일단 설명할게."

마이는 눈을 다섯 번 정도 빠르게 깜빡인 다음 말을 이었다.

"또 다른 연구소에 어떤 장치가 있어. 연구원들은 그걸 케인(Caine)이라는 이름으로 불렀어."

"케인?"

"응. 마이는 이야기만 들었지만 그것도 성법기의 일종인 것 같아. 아주 커다란 성법기인데, 거기에 정보를 넣으면 결과를 알려줘. 그래서 연구원들이 수치로 만든 초신수의 예상 능력과 제온의 능력, 베타의 능력을 집어넣으면 케인이 결과를 알려줘."

그것은 놀라운 이야기였다. 정보를 집어넣으면 답을 말해주는 성법기라니, 제온은 그것이 대체 어떻게 생긴 물건인지 상상조차 할 수 없었다.

'하지만 엄밀히 말하면 나나 마이도 일종의 성법기니까.

그런데 마이는 왜 이걸 말하는 걸 꺼린 거지?

알바스 고원 말고 다른 곳에도 살바스 수도회의 연구소가 있다는 것은 이미 알고 있다. 마음 같아서는 모조리 찾아내 박살을 내버리고 싶었지만, 당장 위치를 모르기 때문에 나중으로 미룰 수밖에 없었다.

그리고 그 순간, 제온은 마이가 꺼리던 이유를 깨달았다.

"넌 알고 있구나. 그 장치가 있는 연구소의 위치, 바로 살바스 수도회의 본거지의 위치 말이야."

"응. 마이는 알고 있어."

마이는 무표정한 얼굴로 고개를 끄덕였다. 제온은 순간적으로 마이의 양어깨를 붙잡고 흔들며 소리치려는 충동을 느꼈다.

─당장 말해! 거기가 어디야!

하지만 참아야 했다. 제온은 일단 숨을 크게 들이마신 다음 물었다.

"그게… 어디 있는데?"

최대한 냉정하게 말하려고 했지만, 그의 목소리는 심하게 흔들리고 있었다. 마이는 그런 제온의 얼굴을 물끄러미 바라보며 말했다.

"역시 마이는 그럴 거라고 생각했어."

"으… 응?"

"위치를 말해주면 제온은 거길 먼저 찾아갈 거지? 가서 거기 있는 연구원들과 베타들을 죽일 생각이지?"

순간 제온은 움찔하고 몸을 떨었다. 머릿속에 자신이 박살 낸 수십 개의 유리관이 떠올랐다. 바닥에 흥건하던 형광색의 액체와 오래된 웅덩이 같은 냄새, 그리고 목숨을 잃은 작은 소녀들의 모습이 스쳐 지나갔다.

"아니, 안 죽일 거야."

제온은 가까스로 평정을 되찾으며 말했다.

"적어도 베타는 안 죽여. 연구원은 죽일 테지만."

"그럼 다행이야. 마이는 제온이 베타들을 죽이는 걸 바라지 않아. 우린 모두 제온을 지원하기 위해 만들어진……."

"그 말은 더 이상 하지 마."

제온은 또다시 폭발할 것 같은 기분을 가까스로 참으며 마이의 말을 끊었다.

"그보다도, 그럼 본거지에도 알바스 산맥의 연구실과 똑같이 실험체를 만들어내는 시설이 있는 거야?"

"그렇다고 들었어. 본부는 알바스 지부보다 훨씬 크다고 했어. 그런데 본부에서도 알파… 그러니까 제온을 만들어내지 못했어. 그런데 훨씬 작은 규모의 지부에서 제온을 만들어

냈어. 그래서 알바스 지부의 연구원들은 그것을 매우 자랑스럽게 생각했어."

"그런 식으로 말하지 마!"

결국 폭발한 제온이 눈을 질끈 감으며 소리쳤다. 마이는 움찔하고 몸을 떨며 고개를 숙이고 바닥을 내려다보았다.

"미안해. 잘 모르겠지만 마이가 잘못했어."

"아니… 아니야, 마이. 내가…….."

제온은 왼손으로 얼굴을 움켜쥐며 고개를 저었다.

"소리 질러서… 미안해. 내가 잘못했어."

"마이의 어떤 말이 제온을 화나게 했는지 말해줘. 다음부터는 그런 식으로 말하지 않을게."

마이는 살짝 고개를 들어 제온을 바라보았다. 제온은 길게 한숨을 내쉬며 고개를 저어 보였다.

"너한테 화난 게 아니야. 신경 쓰지 마. 그냥 내가 민감해서 그래."

"어떤 부분에 민감한지를 말해줬으면 좋겠어. 혹시 하부 조직에서 상급 조직의 성과를 능가하는 결과를 냈다는 걸 못마땅하게 생각해?"

"그런 건 아무래도 상관없어. 내가 신경 쓰이는 건…….."

제온은 다시 한 번 한숨을 내쉬었다. 마이는 세상의 다양한 지식을 폭넓게 가지고 있었지만 단지 그것뿐이었다. 중요한 건 지식이 아니라 감정이었다. 설명하는 것 자체가 고통스러운 일이었지만, 제온은 자신의 역린(逆鱗)을 직접 건드릴 수밖에 없었다.

"그러니까 난… 그 실험실에서 태어났다는 것 자체가 싫어. 난 거기서 살아남기 위해 나와 똑같이 생긴 실험체들과 싸우며 죽였어. 그건 정상이 아니야. 아이들은 부모의 보살핌을 받으며 자라고, 서로 다르게 생긴 친구를 사귀며 성장해야 해. 그러니까 그 망할 연구원 놈들이 날 만들어냈다고 자랑스러워한다는 것 자체가 역겨워. 그놈들은 인간의 가치를 무너뜨리고 있어. 자신들의 목적을 이루기 위해 인간처럼 생긴 무기를 마구잡이로 찍어내고 있는 거야."

제온은 치를 떨며 고개를 저었다. 마이는 그런 제온의 모습을 한참 동안 바라보다 말했다.

"…마이도 똑같이 실험실에서 태어났어. 그러면 마이도 싫어?"

"안 싫어. 하지만 너도 거기서 태어났으면 안 돼. 인간은 평범한 부모 사이에서 평범하게 태어나야 하는 거야. 그게 정상이야."

"마이도 인간의 정상적인 생식 방법에 대해서 알고 있어. 하지만 그렇게 하면 마이는 태어나지 못했어. 제온을 만나서 제온의 일을 돕지도 못했을 거야."

"마이, 내가 지금 하는 말은 그런 게 아니라……."

"제온이 무슨 말을 하고 있는지 알아. 그러니까 앞으로 그런 이야기는 하지 않을게. 하지만 마이는 제온이 좋아. 그러니까 제온도 자기를 좀 더 좋아해 줬으면 좋겠어."

마이는 선명한 붉은색의 눈동자로 제온을 바라보았다. 그것은 형태도 색도 전혀 다르지만 제온에게 있어 아내이던 프로나의 눈동자를 떠올리게 만들었다. 프로나 역시 언제나 제온에게 자기 자신을 좋아해야 한다고 말했던 것이다.

─사람은 누구나 태어나고 자란 환경이 달라. 물론 넌 상황이 좀 더 심각하지만… 그래도 상관없어. 일단 사람처럼 살려면 먼저 자기 자신을 사랑해야 해. 그렇지 않으면 다른 사람을 사랑할 수 없고, 다른 사람을 사랑하지 못하면 절대로 행복해질 수 없어.

아직 소녀이던 프로나는 제온에게 인간적인 감정을 심어 주기 위해 자신의 생각을 주입시켰다. 물론 그녀는 좋은 가문에서 태어나 정상적이고 행복하게 자랐기 때문에 당연히 그런 생각을 할 수 있었다.

놀라운 것은 아무것도 가지지 못하고 자신과 똑같이 비정상적인 환경에서 자란 마이가 프로나와 똑같은 생각을 하고 있다는 것이다. 제온은 어쩐지 가슴이 벅차오르는 것을 느끼며 마이의 머리를 쓰다듬었다.

"네가 나보다 낫구나. 난 10년이 지나도 여전히 그 구덩이 속에서 헤어 나오지 못하고 있는데……."

"마이는 구덩이 속에 들어가 보지 못해서 잘 모르겠어. 아무튼 제온은 지금 너무 힘들어 보여."

"힘든 건 사실이야. 무엇보다……."

제온은 쓴웃음을 지으며 말끝을 흐렸다. '희망이 없거든'이라는 말을 차마 마이 앞에서 할 수가 없었다.

그러나 희망이 없는 건 사실이었다. 제온의 목표는 복수였다. 무엇보다도 자신의 모든 것을 빼앗아간 아프레온을 죽여야 했다.

그러나 아프레온을 죽인다고 해서 사라진 아내와 뱃속의 아이가 돌아오는 것은 아니었다. 남는 것은 풀 한 포기 돋아나지 않는 폐허였다. 숫자를 헤아릴 수 없는 많은 사람이 제온을 죽이기 위해 사방 천지에서 몰려올 것이다.

그때가 되면 제온은 스스로 목숨을 끊을 생각이다. 말하자면 자살을 하기 위해 복수를 하는 셈이다. 희망은커녕 절망조차 존재하지 않는 텅 빈 미래였다.

'하지만 내가 죽으면 이 아이는 어떻게 하지?'

덕분에 마이를 바라보는 제온의 심정은 복잡해질 수밖에

없었다. 그녀는 존재만으로도 자신의 고통스런 과거와 씻을 수 없는 죄를 떠올리게 만들었고, 동시에 어떻게든 살아야 한다는 생에 대한 집념을 가져다주었다.

"무엇보다……."

한참 동안 기다린 마이의 질문에 제온은 고개를 저으며 말을 돌렸다.

"아니야. 힘드니까 좀 쉬어야겠다고. 오늘은 이만 자는 게 좋겠어."

"그럼 제온이 먼저 자. 마이는 적이 오는지 망을 보고 있을게."

하지만 그렇게 말하는 마이의 눈꺼풀은 반쯤 감겼다 뜨기를 반복하고 있었다. 제온은 바닥에 깔아놓은 모포를 손바닥으로 두드리며 말했다.

"괜찮으니까 같이 자자. 전에도 말했다시피 자면서도 적이 오는 걸 감지할 수 있으니까."

그 순간, 제온의 감시망에 아주 미약한 흔들림이 느껴졌다.

'뭐지?'

제온은 반사적으로 몸을 일으키며 못질이 되어 있는 창문의 틈새로 밖을 내다보았다.

"어두워."

"밤은 원래 어둡다고 생각해."

마이가 제온의 옆에 바짝 붙어 서며 말했다. 제온은 날카로운 눈으로 창밖의 어둠을 응시하며 고개를 저었다.

"아니야. 이건 밤보다 어두워."

"밤보다 어둡다니, 마이는 잘 모르겠어."

"실제로 이걸 아는 사람은 거의 없어. 왜냐하면······."

제온은 입술을 깨물며 몇 년 전의 일을 떠올렸다. 제3차 마도대전의 최후 전투에서 칠흑의 마왕이 온 세상을 암흑으로 물들이던 바로 그 순간을.

"마이, 집 안에서 절대로 나오면 안 돼. 알았지?"

제온은 숨을 깊이 들이마시며 말했다. 마이는 표정 없는 얼굴로 창밖을 노려보며 대답했다.

"적이 오는 거야?"

"그런 것 같아."

"마이도 같이 싸우면 도움이 될 거라고 생각해."

"웬만하면 나도 그렇게 할 거야. 하지만 이번에는 안 돼. 적이 너무 강해."

"전에 베오르그를 가지러 갈 때도 똑같이 말했어."

"나도 알아. 하지만 사실이 그런 걸 어쩌겠냐?"

제온은 마이의 머리카락을 마구 흐트러뜨리며 장난스럽게 웃어 보였다. 그러나 마이는 웃지 않았다. 원래도 웃는 표정을 모르지만, 그녀는 제온이 스스로의 불안감을 감추기 위해 일부러 그러는 것을 정확히 감지하고 있었다.

마이는 표정 없는 얼굴로 한 발 뒤로 물러서며 말했다.

"마이가 방해될 정도로 강적이구나."

"응. 그럴 가능성이 있어."

"조심해, 제온."

"…그래, 조심할게."

제온은 고개를 끄덕인 다음 천천히 걸음을 옮겨 문을 열고 밖으로 걸어 나갔다.

"이런……."

밖으로 나온 제온은 하늘을 바라보며 혀를 찼다. 캄캄한 밤 하늘에는 단 하나의 별조차 떠 있지 않았다.

물론 실제로는 그곳에 떠 있을 것이다. 단지 자신의 눈에 보이지 않는 것뿐.

'이런 짓을 할 수 있는 건…….'

제온은 주위를 둘러보았다. 온 세상이 어둠에 묻혀 아무것 도 보이지 않았다. 고개를 돌리자 방금 전까지 그 안에 있던 농가 건물조차 어둠에 파묻히며 사라지고 있었다. 못질이 되 어 있는 창틈으로 새어 나오는 빛마저 어둠에 빨려들어 가는 듯 거의 보이지 않았다.

이것은 '어둠의 장막'이라는 고위 마족들만이 사용할 수 있는 마법이다. 외부의 빛을 차단하여 일정한 공간을 어둠으로 만드는 것으로, 주로 뱀파이어 같은 마족들이 낮에도 행동하기 위해 사용한다.

그러나 같은 어둠의 장막이라도 이렇게 은밀하게, 그리고 광범위한 범위를 완벽하게 뒤덮을 수 있는 마족은 단 한 명뿐이었다.

칠흑의 마왕 제노슈나.

바로 제3차 마도대전의 원흉인 제노슈나는 광범위한 어둠의 장막을 이용해 자신의 또 다른 마법을 궁극의 기술로 만들었다.

제온의 등줄기에 소름이 돋았다. 눈으론 아무것도 보이지 않았지만, 칠흑의 마왕에게서 느껴지던 바로 그 마족의 기운이 자신을 향해 다가오는 걸 느낄 수 있었다.

제온은 깊은 어둠을 향해 소리쳤다.

"제노슈나! 설마 잿더미가 되고도 다시 부활한 건가?"

그러자 어둠 속에서 무언가가 제온의 목소리에 화답했다.

"저주받을 인간. 그 더러운 입으로 아버님의 이름을 함부로 말하지 마라."

그것은 독특한 억양을 가진, 증오에 가득 찬 목소리였다. 동시에 아무것도 보이지 않는 어둠 속에서 푸른색의 불꽃이 피어오르기 시작했다.

"제노슈나의… 자식인가?"

도깨비불처럼 떠오른 십여 개의 푸른 불꽃 사이로 거대한 뿔이 난 마족이 모습을 드러냈다.

키는 약 3미터 정도 될까.

신체 구조 자체는 인간과 흡사했다. 그러나 갑충(甲蟲)의 껍질을 연상시키는 어두운 은색의 외골격만으로도 저것이 인간과는 전혀 다른 진화 과정을 거친 생물이라는 것을 확신할 수 있었다.

정확히는 혼 데몬(Horn deamon)이라는 마족이다. 이름처럼 머리에 돋은 거대한 뿔이 특징이다. 얼굴은 두 개의 눈구멍만 뚫려 있는, 아무 표정도 없는 평평한 가면을 쓴 것처럼 보였는데, 모든 혼 데몬의 얼굴이 그렇게 생겼기 때문에 얼굴로 개체를 구분하는 것은 불가능했다.

등에는 거대한 박쥐를 연상시키는 두 쌍의 날개가 달려 있고, 그것을 이용해 마법을 사용하지 않아도 하늘을 날 수 있었다. 원래 마력보다는 신체적인 능력을 이용한 전투에 능한 종족이다.

그런데 그중에 한 마리가 돌연변이처럼 높은 마력을 가지고 태어났다.

그가 바로 동족을 넘어 수많은 마족의 수장으로 군림하고 있는 칠흑의 마왕 제노슈나였다. 비록 제온과 친구들의 손에 쓰러져 흔적조차 남기지 못했다 해도 제노슈나가 마족의 역사에 있어 큰 획을 그었다는 사실을 부정할 수는 없었다.

"그러고 보니 자식이 있다는 이야기를 들었지. 하지만 정말로… 아버지와 똑같이 생겼군."

제온은 눈앞의 마족을 바라보며 진심으로 감탄했다. 칠흑의 마왕과의 전투가 바로 어제의 일처럼 환하게 떠올랐다.

그러자 마족의 눈구멍이 번뜩이며 새파란 빛이 새어 나오기 시작했다.

"하찮은 인간, 네놈들이야말로 모두 똑같이 생긴 주제에 함부로 말하지 마라."

"그렇게 보이나? 뭐 종족이 다르니 어쩔 수 없겠지만… 그런 것치고는 잘도 나를 찾았군."

제온은 비꼬듯이 말하며 자신의 몸을 둘러싼 역장을 조금씩 강화했다. 사실은 강화하지 않으면 역장이 사라질 형편이었다. 제온의 역장은 뇌전의 속성을 띠고 있어 어둠 속에서 자연스럽게 빛을 발하는데, 그 빛이 주변에 깔린 어둠 속으로 빨려들어 가며 조금씩 약화되고 있었다.

"그건 어렵지 않았다. 내 밑에는 인간들이 상상할 수 없을 만큼 광범위한 감지 능력을 가진 자들이 존재한다. 거기에 뇌전의 속성을 가진 자를 감지하는 건 더욱 쉬운 일이지."

마족은 등 뒤로 펼친 네 장의 날개를 천천히 움직이며 말했다. 뇌전의 속성은 지극히 희귀했고, 그중에서 강력한 마력을 가진 인간은 더더욱 희귀했다.

'젠장. 저 녀석 혼자 온 게 아니야.'

제온은 마족의 뒤쪽으로 또 다른 느낌을 가진 두 마리의 마족을 감지했다. 총 세 마리에 어쩌면 어둠의 장막 바깥쪽에 더 많은 마족이 대기하고 있는지도 모른다.

제온은 등줄기에 식은땀이 흐르는 것을 느꼈다. 하지만 내색하지 않고 태연한 얼굴로 말했다.

"그래, 내가 좀 희귀하긴 하지. 그러고 보니… 칠흑의 마왕의 아드님은 성함이 어떻게 되시는지?"

"크레이드다. 이젠 내가 칠흑의 마왕이다."

"크레이드라……. 물론 외모는 똑같이 보인다만, 아직 칠흑의 마왕이라 불릴 정도의 실력은 아닌 것 같은데?"

제온의 도발에 크레이드는 의외로 순순히 긍정하며 대답했다.

"내가 아버님의 능력에 아직 미치지 못한다는 것은 인정한다. 하지만 제온, 네놈을 환계(幻界)의 구렁텅이로 빠뜨릴 정도는 충분히 된다."

마족들은 생명이 죽으면 그 영혼이 환계라는 곳으로 돌아간다는 신앙을 가지고 있었다. 제온은 코웃음을 치며 오른팔을 천천히 들어 올렸다.

"저기 말이야, 크레이드 군, 혹시 네 아버지를 환계의 구렁

텅이로 보내버린 인간이 누구인지 모르는 건가?"

"자만하지 마라, 어리석은 인간. 여기엔 네놈 혼자뿐이지 않느냐? 아니면……."

크레이드는 뒤쪽에 보이는 오두막집을 향해 안광을 뿜었다.

"저 안에 있는 한 인간이 예전에 네놈과 함께했던 네 명의 인간을 모두 합친 만큼 강하기라도 한 것이냐?"

"…그럴 리가. 하지만 그때도 오 대 일로 싸웠던 건 아니라고."

제온은 입가에 웃음을 지으며 당시를 떠올렸다.

칠흑의 마왕과의 최종 전투는 처절한 격전의 연속이었다. 전 대륙에서 모인 이천 명의 의용병의 희생을 바탕으로 나인제로 몬스터즈의 다섯 명은 다양한 마족들로 구성된 1만의 적진을 뚫고 중심부에 있는 칠흑의 마왕을 향해 돌진했다.

그 와중에 세 명의 동료가 대부분의 힘을 소모했다. 제온은 그나마 마력이 남아 있던 네프카의 지원을 받으며 칠흑의 마왕과의 최종 전투를 시작했다.

"상관없다. 어쨌든 간에 난 여기서 아버님의 원한을 갚고… 진정한 마왕으로 인정받을 테니까."

그 순간 크레이드의 주위에 켜져 있던 푸른 불꽃들이 일제히 사라졌다.

동시에 제온은 반사적으로 크레이드가 서 있던 장소를 향해 라이트닝 볼트를 뿌렸다. 그러나 섬광과 함께 뻗어 나간 뇌전의 줄기는 텅 빈 공간을 가르며 소멸했다. 크레이드와 뒤쪽에 있던 마족들이 순식간에 위치를 이동한 것이다.

'이 패턴은……'

제온은 급하게 뒤쪽으로 몸을 날리며 위치를 이동했다.

쉬이익.

그 순간, 앞쪽에서 희미하지만 소름 끼치는 소리가 들렸다. 폭풍처럼 휘몰아치는 무언가가 제온이 서 있던 자리를 휘감고 있었다.

비록 빛이 없는 공간이라 아무것도 보이지 않았지만, 제온은 그것의 정체가 무엇인지 정확히 알고 있었다.

'역시 다크 홀(Dark hole)인가?'

제온은 입술을 깨물며 사방을 향해 라이트닝 볼트를 뿌렸다. 뇌전의 빛은 순식간에 소멸했지만, 그 찰나의 순간에 제온은 사방에 깔려 있는 어둠의 소용돌이 같은 존재를 확인했다. 그것이 바로 다크 홀이었다. 칠흑의 마왕의 악명을 높이는 데 가장 큰 공헌을 한 최악의 마법으로, 직경이 50㎝ 정도의 검은 소용돌이를 만들어 사방으로 약 4미터 정도의 공간에 있는 모든 생물을 엄청난 힘으로 빨아들이는 능력을 가지고 있다.

일단 빨려들어 가면 환계라 불리는 공간으로 전이된다. 하지만 아무도 그곳에서 살아서 돌아온 기록이 없기 때문에 실질적으론 죽음과 똑같은 의미를 가지고 있었다.

즉, 다크 홀은 한 번만 스쳐도 죽음에 이르는 궁극의 마법이라 할 수 있었다.

일단 역장으로 방어 자체는 가능하다. 하지만 빨아들이는 힘이 워낙 강력해서 역장 자체를 순식간에 소멸시키는 게 문제였다. 아크메이지 급의 마도사라 해도 살아남으려면 어떻게든 역장이 버텨주는 동안에 다크 홀의 사정 범위 밖으로 빠져나와야 했다.

'미치겠군.'

제온은 찰나의 순간 확인한 다크 홀의 위치와 숫자를 떠올렸다. 다크 홀의 유일한 약점은 발생 지점을 알 수 있고, 눈에 보이고, 이동 속도가 느리다는 것이다. 빠르게 반응하기만 하면 얼마든지 피할 수 있었다.

하지만 칠흑의 마왕은 온 세상을 뒤덮는 어둠의 장막으로 다크 홀의 약점을 완벽하게 상쇄시켰다. 눈으로 위치를 확인할 수 없는 이상, 서서히 다가오는 다크 홀을 피한다는 것은 불가능했다. 다크 홀 자체에서는 마력이 느껴지지 않았고, 당연히 생물이 아니기 때문에 생체 전류를 느낄 수도 없었다. 제온이 감지력이 아무리 뛰어나다 해도 소용없는 것이다.

그리고 크레이드는 부친의 전술을 똑같이 흉내 내고 있었다. 그나마 다행이라면 제온 역시 칠흑의 마왕의 이런 전술을 상대하기 위해 다양한 작전을 계획하고 실행에 옮겼다는 것이다.

'비록 3년도 더 전의 일이지만… 30년이 지난다고 해도 잊어버릴까 보냐.'

제온은 다시 한 번 사방으로 뇌전을 뿌렸다. 몇 초 사이에 사방에 있는 다크 홀의 위치가 얼마나 바뀌었는지를 확인하기 위해서였다.

'모두 아홉 개였고… 그중에 네 개가 접근하고 있어.'

다크 홀의 이동 속도는 어른의 걸음걸이 정도였다. 제온은 접근하는 다크 홀에 포위되지 않기 위해 오른쪽으로 천천히 움직였다.

그러나 위치를 확신한다 해도 완벽한 어둠 속에서 걸음을 옮기는 것은 끝없는 두려움과의 싸움이었다. 제온은 인간적인 본능을 최대한으로 억제하며 기계적으로 움직였다. 이런 상황에서 본능과 감정에 휩쓸린다는 것은 곧 죽음을 의미했다.

그 순간, 오른쪽에서 마력의 움직임이 느껴졌다. 정확히 어떤 마법인지는 모르지만, 제온은 일단 자신의 역장으로 방어가 가능하다고 판단했다.

쿠궁!

동시에 묵직한 충격이 역장에 막히며 사방으로 번졌다.

'충격계의 5급 마법인 쇼크 볼(Shock ball). 동시에 두 발이 날아왔다.'

제온은 역장을 따라 전달되는 충격으로 적의 마법을 순식간에 파악했다. 제온은 즉시 마법이 날아온 쪽으로 뇌전을 뿌렸지만 적의 모습은 보이지 않았다.

한순간의 섬광으로는 고속으로 이동하는 적의 움직임을 따라잡을 수가 없었다. 어둠의 장막 안에서는 생체 전류를 느끼는 제온의 감지력도 크게 떨어지기 때문에 최소한 10미터 안쪽으로 들어와야 정확한 위치를 파악할 수 있었다.

적들도 그것을 알고 있는 듯 제온을 중심으로 10여 미터 안쪽으로는 접근하지 않았다. 제온은 초조함을 느끼며 접근하는 다크 홀을 피해 위치를 이동했다.

그 순간, 머리 위에서부터 강렬한 열기와 함께 불기둥이 내리꽂혔다.

화륵!

불기둥은 순간적으로 빛을 발했지만, 빛은 채 몇 미터도 뻗어 나가지 못하고 사라졌다. 물론 빛이 사라졌다고 불이 사라진 것은 아니기 때문에 제온은 역장을 뒤흔드는 강렬한 충격을 고스란히 감당해야 했다.

'필러 오브 파이어(Pillar of fire)라니… 마족답지 않은 마법이군.'

그것은 화염계의 5등급 마법으로, 순수한 화력을 추구하는 마족들이 사용하기엔 기교가 많이 섞인 마법이었다. 제온은 머리 위에서 퍼덕이는 마족의 날개 소리가 멀어지는 것을 들으며 다시 한 번 사방으로 뇌전을 발사했다.

그 순간, 왼쪽으로 발사한 뇌전의 빛이 근처를 달리는 마족의 잔상을 희미하게 잡아냈다.

"거기냐!"

제온은 적이 움직이는 방향을 예측해 체인 라이트닝을 발사했다. 역동적으로 달리던 마족 한 명이 작열하는 뇌전에 휘감기며 비명을 질렀고, 동시에 새로운 뇌전 줄기가 오른쪽으로 뻗어가며 그곳에 대기하고 있던 또 다른 마족의 몸을 강타했다.

파직!

그러나 두 번째로 명중한 마족은 검은빛의 역장에 둘러싸여 있었다. 첫 번째 일격으로 힘을 잃은 체인 라이트닝 줄기는 마족의 역장을 완전히 파괴하지 못했고, 순간의 빛을 잃은 세상은 다시 암흑 속으로 빠져들었다.

'움직였을까?'

마음속으로는 의심하면서도 제온의 몸은 이미 두 번째 마족을 향해 라이트닝 볼트를 뿌리고 있었다. 예상대로 곧게 뻗어 나간 뇌전 줄기는 허공을 갈랐지만, 급하게 오른쪽으로 몸을 피하는 마족의 흔적을 희미하게 잡아낼 수 있었다.

'지금 저놈을 잡아야 해.'

순간적인 판단과 함께 제온은 볼 라이트닝을 만들어 마족이 움직인 방향을 향해 발사했다. 휘감기는 전기의 구체는 주위의 어둠 속으로 끊임없이 빛을 흡수당했지만, 계속해서 끈질기게 빛을 발하며 도망치는 마족을 향해 빠른 속도로 날아갔다.

팍! 팍! 팍!

전방으로 마족의 격렬한 날갯짓 소리가 울렸다. 그것은 가속도를 얻기 위한 발악이었고, 덕분에 볼 라이트닝의 직격을 피해 몇 미터의 거리를 벌릴 수 있었다.

하지만 그 정도 거리로는 안전하지 않았다.

파지지지지지직!

허공을 가르는 듯한 전기의 구체는 순식간에 옆으로 피한 마족을 향해 수십 가닥의 전류를 뿜어냈다. 볼 라이트닝을 향해 고개를 돌리고 있던 마족은 가면 같은 얼굴의 눈구멍으로 새파란 빛을 뿜으며 다급히 역장을 강화했다.

하지만,

파직!

휘감기는 수십 가닥의 전류가 마족의 역장을 삽시간에 소멸시켰고, 동시에 남은 전류가 마족의 몸을 파고들며 격렬한 감전을 일으켰다.

"캬갸갸갸갹!"

마족은 자지러지는 비명과 함께 달리던 방향으로 몸을 날리며 쓰러졌다. 동시에 빛이 사라지면서 다시 어둠이 찾아왔고, 제온은 그사이 자신을 향해 거리를 좁힌 다크 홀을 피해 뒤쪽으로 걸음을 옮겼다.

"캬갹……."

어둠 속에서 마족의 신음 소리가 희미하게 울렸다. 인간이라면 그것으로 숨이 끊어졌을 것이다. 하지만 마족의 생명력은 인간에 비할 바가 아니다. 제온은 결정타를 날리기 위해 마족이 쓰러진 방향을 향해 왼팔을 뻗었다.

그 순간, 등 뒤로 강력한 무언가가 느껴졌다.

그것은 거대한 육체를 가득 메운 생체 전류와 마력의 결합체였다. 제온은 반사적으로 몸을 돌리며 역장을 강화한 왼팔을 위로 들어 올렸다.

파지직!

동시에 칼처럼 날카로운 물체가 제온의 왼팔 위로 단두대처럼 떨어졌다. 검은 기운과 형광색의 전류가 사방으로 튀는 가운데 제온은 짧은 시간 동안 자신의 역장을 내려친 적의 무기를 확인할 수 있었다.

그것은 손톱이었다.

곤봉처럼 길고 굵은 마족의 손가락 끝에 길이가 약 1미터에 이르는 손톱이 솟아 있다. 인간의 몸 같은 건 스치기만 해도 토막이 날 정도로 날카로웠고, 그것을 휘두르는 근력은 거대한 바위도 단숨에 박살 낼 만큼 위력적이었다.

하지만 제온의 역장은 멀쩡했다.

비록 큰 손상을 입긴 했지만 한 방에 소멸하지 않는 이상 계속해서 마력을 공급하면 원래대로 회복시킬 수 있었다. 제온은 눈구멍으로 파란 빛을 뿜어내며 전력을 쏟아붓고 있는 마족의 얼굴을 향해 오른팔을 들어 올렸다.

"크레이그인가?"

마족은 대답 대신 엄청난 속도로 몸을 틀며 뒤쪽으로 물러났다, 동시에 발사한 뇌전은 허공을 가르며 어둠 속으로 사라졌고, 제온은 혀를 차며 마족이 사라진 방향으로 다시 한 번 체인 라이트닝을 발사했다.

파직!

그러나 이번에도 텅 빈 공간을 가를 뿐이었다. 적의 속도가 얼마나 빠른지 짧은 순간의 번뜩임만으로는 적의 잔상조차 잡아낼 수 없었다.

'귀찮게 됐군.'

제온은 혀를 차며 뒤쪽으로 걸음을 옮겼다. 이런 순간에도 사방에 흩어져 있는 다크 홀이 위치를 바꾸며 제온을 향해 접근하고 있었다. 제온은 그 어떤 마법이나 물리적인 공격도 막아낼 자신이 있었지만, 다크 홀 같은 차원전이(次元轉移) 계열의 마법만큼은 예외였다.

'그러고 보니 체리오트의 성법기에도 뚫렸지. 너무 자만하면 안 되겠어.'

제온은 오른팔의 통증을 통해 체리오트의 성법기인 '라시드의 눈'을 떠올렸다. 칠흑의 마왕의 또 다른 주력 마법인 샤도우 피스트(Shadow fist)도 막아냈는데, 역시 초신수의 성법기는 차원이 다른 모양이었다.

"육탄전이라니! 마왕을 자처하는 것치고는 격이 떨어지는 것 아닌가?"

제온은 어둠 속을 향해 소리친 다음, 몸을 돌려 먼저 쓰러뜨린 마족이 있던 방향을 향해 뇌전을 뿌렸다.

파직!

그러나 뇌전은 빈 땅에 명중하며 사방으로 흙먼지를 뿌렸다.

'도망친 건가? 그걸 맞고도 바로 움직일 수 있다니……'

제온은 눈을 가늘게 뜨며 마력을 끌어올렸다. 역시 마족의 생명력은 인간에 비할 바가 아니었다. 기회가 났을 때 확실하게 숨통을 끊지 못하면 곧바로 회복해서 전투에 복귀할 뿐이다.

그러나 인간의 몸은 약했다. 특히 제온은 심각한 부상을 입은 상태이다. 아무리 강력한 마력을 가지고 있다 해도 체력과 집중력을 유지하는 것에는 한계가 있었다.

그리고 그 순간,

파악!

강렬한 날갯짓의 파열음과 함께 크레이그가 재차 돌격했다. 제온은 방어와 동시에 뇌전을 뿌리려 했지만 기회가 나지 않았다. 크레이그가 날카로운 손톱으로 제온의 역장을 내려침과 동시에 지면을 박차며 측면으로 몸을 피해 물러났기 때문이다.

'작전이 명확하군.'

제온은 다크 홀의 위치를 확인하기 위해 준비했던 뇌전을 허공에 뿌릴 수밖에 없었다. 크레이그가 노리는 것은 소모전이었다. 어둠의 장막과 다크 홀이 깔려 있는 이 전장에서 제온은 단순히 버티기 위해서라도 끊임없이 마력을 소모해야 했다.

그러나 문제는 마력이 아니었다. 제온은 시간이 지날수록 머리가 무거워지며 집중력이 흔들리는 것을 느꼈다. 서로 다른 방향에서 서로 다른 속도로 움직이는 다크 홀의 움직임을 예측하는 것은 정신력을 엄청나게 소모시키는 일이었다. 오른팔의 통증 또한 집중력을 끊임없이 분산시켰고, 무엇보다 칠흑 같은 어둠 속에서 홀로 강력한 적들과 싸운다는 상황 자체가 견디기 힘든 스트레스였다.

마음 같아서는 당장에 레비테이션을 사용해 어둠의 장막의 영역에서 빠져나가고 싶었다.

칠흑의 마왕과 싸울 때는 어쩔 수 없었다. 수천 병사의 희생으로 간신히 잡은 기회였기 때문에 어둠의 장막 속으로 뛰어들어 어떻게든 끝장을 봐야만 했다.

하지만 지금은 상황이 달랐다. 공격받고 있는 것은 바로 자신이다. 상황을 유리하게 만들기 위해 얼마든지 다른 장소로 도망칠 수 있는 여유가 있었다.

그러나 제온은 도망칠 수가 없었다.

정확히 말하자면 마이를 내버려 둔 채로 혼자 도망칠 수가 없었다. 만약 자신이 어둠의 장막 바깥으로 몸을 피한다면 마족들은 농가에 혼자 남아 있는 마이를 그냥 내버려 두지 않을 것이다.

결국 여기서 끝장을 내야 했다. 제온은 입술을 깨물며 상황을 분석했다.

적은 모두 세 명.

얼핏 본 것뿐이긴 하지만 세 명 모두 혼 데몬이다.

그중 한 명은 강력한 마력을 가진 마왕의 아들 크레이그이고, 나머지 둘은 아마도 크레이그의 부하일 것이다.

그 순간, 좌우에서 동시에 쇼크 볼이 날아와 제온의 역장을 가격했다. 제온은 동요하지 않고 차분하게 손상된 역장에 마력을 추가로 공급하며 생각했다.

부하 둘은 방금 전처럼 그의 감지력이 닿지 않는 곳에서 마법을 통해 견제한다.

그리고 정신이 분산되었을 때, 크레이그가 빠른 속도를 이용한 육탄전으로 치고 빠지기를 반복한다.

'그러니까… 바로 지금이다.'

제온은 즉시 몸을 돌리며 등 뒤쪽을 향해 뇌전을 뿌렸다. 번쩍하는 섬광이 허공을 가른 순간, 바로 왼쪽으로 막 뛰어들려고 하던 크레이그의 모습이 순간적으로 포착됐다.

'거기냐!'

목소리를 낼 시간도 없었다. 제온은 왼팔을 뻗어 돌진해 오는 적을 향해 라이트닝 볼트를 뿌렸고,

파직!

적은 자신의 몸을 감싼 검은 역장으로 뇌전의 줄기를 막아냈다. 물론 막힐 걸 알고 쓴 것이다. 제온은 거대한 마족이 순

식간에 코앞까지 거리를 좁히는 것을 지켜보며 그때까지 오른손에 만들었던 볼 라이트닝을 앞으로 내밀었다.

'이것도 막아보시지!'

맹렬하게 휘감기는 전기의 구체는 당장에라도 폭발할 듯 적을 향해 뻗어 나갔다. 그러자 크레이그는 볼 라이트닝이 전류를 방출하기 직전에 그것을 향해 치켜들었던 손톱을 거침없이 내리찍었다.

그러자 놀랍게도 볼 라이트닝이 정확히 반으로 갈라졌고,

파지지지지지지지지직!

귀청을 찢는 소음과 함께 미친 듯이 사방으로 전류를 뿜어내기 시작했다.

절반은 크레이그를 향해,

그리고 나머지 절반은 자신을 만든 제온을 향해.

"큭!"

제온은 폭주한 볼 라이트닝의 전류를 막기 위해 역장을 강화했다. 크레이그 역시 역장이 파괴되며 큰 손상을 입었지만, 그 정도로는 아무렇지도 않은 듯 재차 팔을 들어 제온을 향해 손톱을 내리찍었다.

파직!

파직!

파지직!

그것은 눈에 잔상이 남을 만큼 빠른 연속 공격이었다. 제온은 역장의 소멸을 막기 위해 막대한 마력을 소모해야 했고, 동시에 역장을 내려치는 적의 행동을 끊기 위해 또 다른 마법을 준비해야 했다.

'이 녀석은 날 연구했다. 그렇다면······.'

제온은 마력을 끌어올리며 오른팔을 뒤로 당겼다. 그러자 미친 듯이 역장을 후려치던 크레이그의 공격이 멈추며 지면을 박차는 소리가 들렸다. 제온의 행동에 반응하며 뒤쪽으로 몸을 뺀 것이다.

'좋아, 통했다.'

제온의 움직임은 바로 라이트닝 캐논의 준비 동작이었다. 크레이그가 제온을 죽이기 위해 그를 연구했다면, 당연히 그의 결전 마법인 라이트닝 캐논을 경계하지 않을 수 없다.

그러나 이번에는 한 번의 허세가 통했을 뿐이다. 제온은 소모된 역장을 회복하고, 서너 발의 뇌전으로 주위를 밝히며 다크 홀의 위치를 확인했다. 허세가 통한 게 문제가 아니었다. 오히려 라이트닝 캐논을 함부로 쓸 수 없다는 게 더 큰 문제였다.

적들은 어둠 속에서 치고 빠지기를 반복하며 제온의 감지 범위 안으로 들어오지 않았다. 물론 라이트닝 캐논은 순식간에 엄청난 범위를 관통하며 지나간다. 하지만 적들은 눈에 보이지도 않고 감지력에 들어오지도 않는 곳에서 끊임없이 위치를 바꾸고 있다. 이런 상황에서 엄청난 마력을 소모하는 라이트닝 캐논을 함부로 날릴 수는 없었다.

'하지만 장기전으로 갈 수는 없어. 어떻게든 여기서 끝내야 해.'

결정을 내린 제온은 라이트닝 캐논에 필적하는 마력을 끌어올려 양손에 각기 분산시켰다. 오른팔의 상처가 정신을 놓을 만큼 고통스러웠지만, 지금은 단기간에 승부를 내기 위해 양팔을 모두 쓸 수밖에 없었다.

그때 또다시 두 발의 쇼크 볼이 날아와 제온의 역장을 두드렸다. 여전히 견딜 만했지만, 적들의 목적은 어디까지나 제온의 정신을 마법이 날아온 방향으로 쏠리게 만드는 것이었다.

두 발의 쇼크 볼은 각기 10시와 2시 방향에서 날아왔다.

그렇다면 크레이그의 돌진은 등 뒤쪽인 6시 방향에서 올 가능성이 높다.

하지만 반대로 허를 찔러 다른 방향에서 올 수도 있다. 어쨌거나 공격권을 쥔 것은 크레이그였다. 이 마족은 아버지의 원한을 갚기 위해 오랫동안 제온을 연구하고 이런 작전을 세운 것이다.

그렇기 때문에 제온은 아직까지 세상에 한 번도 모습을 드러낸 적 없는 마법으로 승부를 걸었다.

먼저 양팔을 앞뒤로 뻗은 다음 손 안에 응축된 마력을 순간적으로 방출했다.

파직!

거기까지는 지금까지 사방에 뿌리던 뇌전, 즉 라이트닝 볼트와 다를 바가 없었다. 그러나 제온은 자신이 뻗어낸 뇌전 줄기를 그대로 움켜쥐었다.

마치 칼을 쥔 것처럼.

'지금부터는 시간이 승부다.'

제온은 눈을 가늘게 떴다. 말 그대로 그것은 길이가 20미터에 달하는 뇌전의 칼이었다. 그 칼을 1초 동안 유지하기 위해서 필요한 마력은 체인 라이트닝을 한 번 사용하는 마력에 필적했다.

제온은 그렇게 두 자루의 칼을 펼친 채로 몸을 빙글 돌렸다. 한 바퀴 돌리는 데 1초가 걸렸고, 그 1초 사이에 제온을 중심으로 20미터 안에 있는 모든 것이 뇌전의 칼에 휘감겼다.

"캬갸갸갸갸!"

동시에 역장 없이 움직이던 두 명의 마족이 뇌전의 칼에 휘감기며 경련을 일으켰다. 그들은 15미터쯤 떨어진 곳에서 마법을 준비하고 있었다. 제온의 움직임이 아주 빠른 건 아니었지만, 그것은 그들이 예상한 공격 패턴을 아득히 뛰어넘은 것이었다.

물론 제온의 목표는 그 둘이 아니었다.

파지직!

뒤쪽에 역장으로 뇌전의 칼을 막아낸 마족이 있었다. 제온은 그 마족을 정면으로 바라보며 양손에 쥔 칼을 교차하듯 휘둘렀다.

"크레이그!"

파지지지지직!

단 한 번의 일격으로 마족의 몸을 감싸고 있던 검은빛의 역장이 산산조각 나며 허공으로 흩어졌다.

위력만큼은 확실했다. 그러나 마력의 소모를 따지면 대단히 비효율적인 마법이었다. 제온은 자신이 쥐고 있는 칼에 마력을 넘어 영혼까지 빨려들어 갈 것만 같은 기분을 느끼며 그대로 양팔을 휘둘러 비틀거리는 크레이그를 연속으로 후려쳤다.

"캬아아아아악!"

크레이그는 고통의 비명을 지르며 몸부림쳤다. 급하게 새로 역장을 만들었지만 그마저도 일격에 파괴되었다. 그다음은 본능적으로 날갯짓을 하며 하늘로 날아오르려 했는데, 이 역시 제온의 예측 범위 안에 있는 행동이었다.

"어딜!"

제온은 칼을 쥔 손을 교차하며 아주 약간 위로 들어 올렸다. 하지만 칼의 길이가 20미터이다 보니 그것만으로도 칼끝이 순간적으로 하늘을 향해 치솟았다.

"캬아아악!"

덕분에 하늘로 날아오르려던 크레이그는 자신의 머리 위쪽에 있는 뇌전의 칼에 충돌하며 비명과 함께 지면으로 떨어졌다.

"죽어!"

제온은 부릅뜬 눈으로 추락한 크레이그를 향해 손에 쥔 칼을 내리찍었다.

푸른 불꽃이 사방으로 튀었다. 곤충의 껍질 같은 마족의 몸이 격렬한 충격으로 발작하듯 요동쳤고, 소름 끼치는 감전음(感電音)이 어둠의 장막 안을 꽉 채우며 퍼져 나갔다.

그러나 거기까지였다. 제온은 더 이상 뇌전의 칼을 유지할 수가 없었다. 마력이 고갈된 것은 아니었지만 칼을 쥔 손바닥의 악력이 버텨주질 못했다.

"큭."

손에 힘이 풀리자 동시에 뇌전의 칼도 사라지며 빛을 잃었다. 제온은 양손이 부들거리며 떨리는 가운데 그나마 움직일 수 있던 왼손을 뻗어 크레이그가 쓰러진 자리를 향해 라이트닝 볼트를 날렸다.

파직!

가느다란 뇌전 줄기가 죽은 듯이 쓰러져 있는 마족의 몸을 강타했다. 제온은 눈앞이 흐릿해지는 것을 느꼈다. 하지만 공격을 멈출 수는 없었다.

파직!

파직!

연속으로 날아오는 뇌전에 맞을 때마다 크레이그는 온몸의 관절을 뒤틀며 처량하게 몸을 떨었다. 그러나 세상을 덮고 있는 어둠의 장막과 다크 홀은 여전했다. 제온은 반신반의하며 쓰러진 크레이그를 향해 걸음을 옮겼다.

"대단한데?"

제온은 혀를 차며 고개를 저었다. 감지 범위 안에 들어온 크레이그는 여전히 살아 있었다. 비록 엄청난 충격을 받고 의식을 잃었지만, 그마저도 내버려 두면 다시 회복해서 움직일 것이 분명했다.

'볼 라이트닝 정도면 숨통을 끊을 수 있을까?'

제온은 마력을 끌어올리며 새로운 마법을 준비했다. 그리고 그때, 세상을 덮고 있던 어둠의 입자가 바람에 휘날리는 잿더미처럼 흐릿하게 흩어지기 시작했다.

여전히 크레이그가 죽은 것은 아니었다. 다만 마력의 공급이 끊기고 일정 시간이 지나 마법이 풀린 것뿐이다.

소용돌이치며 제온을 향해 천천히 다가오던 다크 홀도 모두 사라졌다. 어둠이 걷힌 하늘에는 언제 그랬냐는 듯 반쪽짜리 달이 세상을 환하게 비추고 있었다.

"달빛에 눈이 부실 줄이야."

제온은 잠시 동안 손으로 눈을 가리며 쓴웃음을 지었다. 그리고 다시 마법을 쓰기 위해 왼손을 앞으로 뻗는 순간,

"거기까지다, 인간."

마치 악마가 어둠 속에서 속삭이는 듯한 목소리였다. 제온은 눈을 질끈 감으며 마음속으로 욕지거리를 내뱉었다.

'젠장, 빌어먹을. 예상을 아주 안 한 건 아니었는데.'

제온은 아랫입술을 아프게 씹으며 고개를 돌렸다. 그곳에는 처음부터 어둠의 장막 바깥에서 대기하고 있던 열 명의 마족이 서 있었다.

'전부 혼 데몬이 아니야. 어떻게 된 거지?'

제온은 눈을 가늘게 뜨며 적들을 확인했다. 일단 멀리서 눈으로 보아도 확실히 차이를 알 수 있는 혼 데몬은 다섯 마리였다. 그 옆으로 뻐드렁니와 송곳니가 아무렇게나 튀어나와 있는 두 마리의 오크가 보이고, 그 옆으로 체격이 다른 마족의 반도 안 되는, 온몸을 망토로 덮고 있는 정체불명의 마족이 서 있었다.

그리고 실루엣만 보아서는 확실히 인간처럼 보이는 마족이 두 명 더 있었다. 어둠의 장막이 사라지며 감지력도 원래

대로 돌아왔기 때문에 제온은 모여 있는 마족들의 정체를 빠르게 파악하기 시작했다.

'혼 데몬 다섯 마리, 오크 두 마리, 작은 녀석은 잘 모르겠고… 뱀파이어 한 마리에 리치(Lich) 하나인가?'

제온은 심장이 조이는 압박감을 느끼며 마족들을 마주 보았다. 그곳에 있는 열 명 모두가 평범한 마족이 아니었다.

"그 손을 거둬라, 인간."

그중에서 혼 데몬 한 명이 앞으로 나서며 말했다. 여전히 외모로는 개체를 구분하기 어려웠지만, 사신처럼 흐릿하면서도 소름 끼치는 목소리가 크레이그보다도 훨씬 위압적인 마족이었다.

"만일 네놈이 왕자님을 죽인다면 죽은 네놈의 육체를 수천 조각으로 찢어 켈베로스의 먹이로 던져주겠다."

"그것참… 소화는 잘되겠군."

제온은 쓰러진 크레이그에게 팔을 뻗은 자세 그대로 물었다.

"만약 안 죽이면 어떻게 할 건가?"

"그렇다면 예를 갖춰 묻어주도록 하겠다."

"큭, 어차피 죽는 건 변함없군."

제온은 코웃음을 치며 손을 거뒀다. 물론 마족의 협박에 굴복해서 그런 건 아니었다. 이런 극한의 위기 상황에서는 정신을 잃은 적의 숨통을 끊기 위해 마법을 사용하는 것조차 마력의 낭비일 뿐이다.

"당연히 네 녀석은 죽는다."

앞으로 나선 혼 데몬은 눈구멍으로 새파란 빛을 뿌리며 분노한 듯 말했다.

"그저 왕자님께서 홀로 네 녀석을 쓰러뜨리고 정당하게 마왕의 자리를 계승하지 못한 것이 안타까울 뿐이다."

"그거… 미안하게 됐군. 그런데 방금 나랑 싸운 건 한 명이 아니었던 것 같은데?"

"두 명의 부하를 대동하는 건 모든 수장이 인정한 페널티다."

"페널티?"

"상대가 네 녀석이니 말이다. 제온 스태틱. 마왕 살해자를 상대로 그 정도 페널티는 당연하다고 생각한다."

"무슨 소리! 난 혼자서 싸울 생각이었다!"

그러자 뒤쪽에 있던 오크 중 한 마리가 손에 쥔 해머를 휘두르며 쩌렁쩌렁한 목소리로 소리쳤다. 제온은 그제야 자신이 마왕 후보들의 통과의례가 되었다는 것을 깨달으며 허탈한 웃음을 지었다.

'오늘 밤엔 온 마족의 수장을 상대하게 생겼군.'

거짓말 같은 상황이지만 그것이 현실이었다. 제온은 당장에라도 끊어질 것 같은 의식을 붙잡으며 생각했다.

어떻게 하면 이 상황에서 살아남을 수 있을까?

하지만 안타깝게도 그것은 처음부터 답이 나올 수 없는 질문이었다.

『광신사냥꾼』 2권에 계속…

이제부터 전자책은

이젠북

www.ezenbook.co.kr

❀ 새로운 세계가 열린다! ❀

한백림 『천잠비룡포』   천중화 『그레이트 원』
좌백 『천마군림』   송진용 『몽검마도』
현대백수 『간웅』   김석진 『더블』
김정률 『아나크레온』   백연 『생사결-영정호우』
임준후 『켈베로스』   예가음 『신병이기』
진산 『화분, 용의 나라』   남운 『개방학사』

이름만 들어도 황홀할 정도의 별들의 향연!

이들의 "유료연재"가 시작됩니다!

검색창에 **이젠북** 을 쳐보세요! ▼ 🔍

FANTASTIC ORIENTAL HEROES

양경 新무협 판타지 소설

악공무림

樂工武林

『화산검선』의 작가 양경!
가슴을 울리는 따뜻한 무협이 왔다!

『악공무림』
어린 나이에 할아버지를 여의고
황궁의 악사(樂士)가 된 송현.
그러나 채워질 수 없는 외로움에
궁을 나서고, 그 발걸음은 무림으로 향하는데……

듣는 이의 마음을 울리는, 화음.
악공 송현의 강호유람기가 펼쳐진다!

Book Publishing CHUNGEORAM

유행이 아닌 자유추구 -
WWW.chungeoram.com

요람 新무협 판타지 소설 FANTASTIC ORIENTAL HEROES

귀환병사

국내 최대 장르문학 사이트를 휩쓴 화제작!
여름의 더위를 깨뜨리려 차가운 북방에서 그가 온다.

『귀환병사』

열다섯 나이에 북방으로 끌려갔던 사내, 진무린
십오 년의 징집을 마치고 돌아오다.

하지만 그를 기다린 것은 고아가 된 두 여동생, 어머니의 편지였다.
그리고 주어진 기연, 삼룡공……

"잃어버린 행복을 내 손으로 되찾겠다!"

진무린의 손에 들린 창이 다시금 활개친다.
그의 삶은 뜨거운 투쟁이다!

Book Publishing CHUNGEORAM

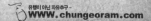

유행이 아닌 자유추구 -
WWW.chungeoram.com

김현우 퓨전 판타지 소설

레드 크로니클
Red Chronicle

『드림워커』, 『컴플리트 메이지』의 작가
김현우가 색다르게 선보이는 자신작!

『레드 크로니클』

백 년의 세월 검을 들고 검의 오의에
다가선 남자 티엘 로운.

모든 것을 베는 그가 마지막으로
검을 휘둘렀을 때
그를 찾아온 것은 갈라진 시공간,
그리고… 자신의 젊은 시절이었다!

"하암, 귀찮군."

검의 오의를 안 남자가 대륙을 바꾼다!
티엘 로운의 대륙 질풍기!

Book Publishing CHUNGEORAM

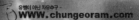
유행이 아닌 자유추구 -
WWW.chungeoram.com

FUSION FANTASTIC STORY

진호철
장편 소설

『1월 0일』의 작가 진호철!
그가 선보이는 호쾌한 현대 판타지!

어머니의 치료비를 구하기 위해
프랑스 외인부대에 지원한 유천.

어느 날 신비한 석함을 얻게 되는데……

『한국호랑이』

내 인생은 전진뿐. 길이 아니면 만들어가고
방해자가 있다면 짓밟고 갈 뿐이다!

Book Publishing CHUNGEORAM

유행이 아닌 자유추구
WWW.chungeoram.com

용병귀환

유왕 판타지 장편 소설

**수십 년 전, 용병왕의 등장으로 생겨난
왕국과 용병의 세계.
평소엔 한없이 가볍지만 화나면 누구보다 무서운,
놀고먹고 싶은 그가 돌아왔다!**

하지만 바람과는 달리 과거 그의 앙숙과 대륙의 판도는
도저히 그를 놓아주질 않는데……

"용병은 그냥, 돈 받고 칼을 빌려주는 놈들이니까."

그의 용병 철학은 단순했다.

"물론, 누구에게 빌려주느냐가 문제겠지?"

Book Publishing CHUNGEORAM

유행이 아닌 자유추구 -
WWW.chungeoram.com